KB209538

읽기만 해도 빛이 납니다

읽기만 해도 빛이 납니다

발행일 2024년 12월 17일

지은이 황유진, 서정아, 강소이, 고은진, 김민정, 박은경, 윤성숙, 이은정, 장순미, 최서윤
펴낸이 손형국
펴낸곳 (주)북랩
편집인 선일영 편집 김은수, 배진용, 김현아, 김다빈, 김부경
디자인 이현수, 김민하, 임진형, 안유경, 한수희 제작 박기성, 구성우, 이창영, 배상진
마케팅 김회란, 박진관
출판등록 2004. 12. 1(제2012-000051호)
주소 서울특별시 금천구 가산디지털 1로 168, 우림라이온스밸리 B동 B111호, B113~115호
홈페이지 www.book.co.kr
전화번호 (02)2026-5777 팩스 (02)3159-9637

ISBN 979-11-7224-433-0 03810 (종이책) 979-11-7224-434-7 05810 (전자책)

삶을 바꾼 우리들의 독서

읽기만 해도 빛이 납니다

황유진, 서정아, 강소이, 고은진, 김민정,
박은경, 윤성숙, 이은정, 장순미, 최서윤

북랩

차례

제2장 독서로 빛나는 나의 삶, 나의 인생

제3장 독서할 때 어렵다면 이렇게 해보세요

제4장 빛나는 나로 반짝이는 삶을 살아갑니다

들어가는 글

언제나 책과 함께였지만, 진정으로 책을 '만난' 적이 있으신가요?

저는 십 년 동안 '성실한 직장인'이라는 안전한 틀 안에 갇혀 살았습니다. 매일 아침 정해진 시간에 일어나 출근하고, 주어진 업무를 완수하고, 퇴근 후에는 지친 몸을 이끌고 집으로 돌아가는 일상의 반복이었습니다. 겉으로 보기엔 부족함 없는 삶이었지만, 마음 한구석에서는 이대로 살면 안 될 것 같다는 불안이 끊이질 않았습니다. 업무 역량을 키워야 한다는 강박으로 7년 동안 직장 독서모임을 이어갔지만, 의무감으로 읽은 책들은 그저 읽었다는 위안만 남길 뿐이었습니다.

인생의 전환점은 뜻하지 않게 찾아왔습니다. 연년생 두 아이의 엄마가 되면서 아이들을 잘 키워내려면 이전의 나로는 부족하다는 걸 절실히 깨달았습니다. 좋은 엄마이자 좋은 사람이 되어야 한다는 생각이 들었습니다. 친구 남편의 갑작스러운 암 소식, 그런 일이 나를 피해 가리라는 보장이 없다는 것도 알았습니다. 마혼이 다 된 늦은 나이에 엄마가 되었기에 그 불안은 더욱 컸습니다. 아이들과 함께할 시간이 충분할까? 내가 미처 다 키우지 못하면 어쩌지? 이런 걱정들이 끊임없이 이어졌습니다. 2년이 넘는 육아 공백 후 직장 복귀에 대한 두려움은 말할 것도 없었습니다.

그러던 어느 날, 육아 휴직 중에 우연히 집어 든 책 한 권이 제 인생을 바꿔놓았습니다. 책을 읽으면 반드시 글을 써보라는 책의 한 구절이 저를 움직였고, 저는 읽은 즉시 무작정 글을 쓰기 시작했습니다. 그렇게 꺼내놓은 글들 속에는 차마 꿈이라 말하기도 부끄러웠던 제 진짜 소망들이 고스란히 담겨 있었습니다. 그제야 깨달았습니다. 저는 언제부터인가 꿈꾸는 것조차 포기해 버렸다는 것을요.

그 후로 만난 책들은 제게 말을 걸었습니다. '한계를 두지 마세요.' '누군가에게 고용되지 않아도 당신은 살아갈 수 있어요.' 책들은 제게 새로운 세상을 보여주었고, 저는 다시 꿈꾸기 시작했습니다. 이루지 못할까 봐 두려워 접어두었던 꿈들을 하나둘 펼쳐보기 시작했습니다. 실패해도 괜찮다고, 그 과정 자체가 의미 있다고 스스로를 다독였습니다. 육아로 지쳐 어둠에 갇혀 있던 어느 날, 책을 읽다가 일기장에 이런 글을 남겼습니다. '모든 사람의 삶은 태어날 때부터 빛난다. 살아가며 그 빛을 잃은 이들이 자신만의 고유한 빛을 되찾아 발산하며 살도록 돕고 싶다.' 제가 빛을 잃었던 상태였기에 이런 소망이 생겼던 것 같습니다. 이 소망을 품고 독서모임을 시작했습니다. 나뿐 아니라 다른 이들과 함께 빛을 찾아가는 일에 진심을 다하게 되었습니다. 이제는 함께 읽는 이들의 삶에서 은은한 빛이 피어나는 기적을 목격하고 있습니다. 책을 읽는 것만으로도 잃었던 빛을 되찾아 다시 삶이 반짝이는 그들의 모습을 보며, 저 또한 깊은 행복을 느낍니다.

이 책에는 저처럼 평범한 열 명의 이야기가 담겨 있습니다. 처음에는 한 줄 읽기도 버거웠던 이들이 어떻게 책과 진정한 만남을 가졌는지, 그들의 잠든 꿈을 깨워낸 책들은 무엇이었는지, 독서로 삶이 어떻게 빛나게 되었는지, 그리고 지금은 책에서 발견한 꿈을 향해 어떻게 나아가고 있는지를 진솔하게 담았습니다. 더불어 각자가 성장할 수 있었던 독서 방법을 공유하며 독서가 어려운 이들에게 조금이라도 도움이 되길 바라는 진심도 꺼내었습니다.

문제를 만날 때마다 책을 찾았고, 책이 오래된 친구같이 늘 같은 자리에 있어 줬다는 황유진 작가.

살아온 길마다 책이 있었고, 앞으로 살아갈 힘도 책에서 얻을 거라 말하는 서정아 작가.

숨조차 쉬어지지 않았던 시기에 숨통을 틔워준 고마운 존재로 책을 만난 강소이 작가.

아버지로부터 배운 책 읽는 유산을 자녀에게도 물려주겠다는 고은진 작가.

책이 상처 난 마음에 언제든 바를 수 있는 상비약이자 마음의 허기짐을 채우려 언제든 꺼내 먹을 수 있는 영혼의 간식 같았다는 김민정 작가.

책장을 넘길 때마다 왜 이 길을 걸어왔는지, 앞으로 어떤 길을 걸어야 할지가 선명해졌다는 박은경 작가.

책이 스쳐 지나갈 꿈을 발견하게 해주고, 바라는 곳에 다다를 수 있도록 지탱해주는 버팀목이었다는 윤성숙 작가.

독서가 새로운 세상을 여는 열쇠가 되어주었다는 장순미 작가.

다시금 빛나는 삶을 안겨 준 독서가 인생의 전환점이 되었다는 최서윤 작가.

열 명의 작가는 자신의 삶과 책의 이야기를 있는 그대로 덤덤히 끄집어내었습니다. 삶의 불안한 순간마다 나를 일으켜준 현실의 독서 이야기를 꺼내주었습니다. 작가들의 이야기를 읽다 보면, 어느새 책장 앞에 서 있는 자신을 발견하게 될 것입니다. 내 삶을 바꿀 인생 책이 어디 있을까? 책장을 서성이며 고르게 될 것입니다.

독서가 습관이 되는 건 분명 쉽지 않은 일입니다. 하지만 그 어려운 '첫 발걸음'을 내디뎌 이제는 책에서 기쁨을 찾게 된 우리의 이야기가 여러분에게도 새로운 시작을 위한 용기가 되길 바랍니다. 읽기만 했을 뿐인데, 빛이 나는 삶을 여러분도 살아내시리라 응원합니다.

이은정 (소소 작가)

제1장.

나에게 독서는 어떤 의미였을까

내가 필요할 때마다 자리를 지켜준 친구

(황유진)

독서에 대한 나의 첫 기억은 도서관이다. 엄마의 이야기에 따르면 어느 날 내가 혼자 도서관에 가서 회원카드를 만들어 왔다고 했다. 어린 시절 도서관에 다니며 열심히 책을 읽었다. 그러다 이사를 갔는데 그 동네에는 도서관이 없었다. 엄마는 그게 못내 마음이 쓰였는지 없는 형편에 전집을 사주셨다. 그 전집에는 세계명작, 위인전기, 역사, 자연관찰 등 온갖 종류의 책이 있었다. 우리 집 한쪽 벽면의 책장이 책들로 빼곡히 채워졌던 기억이 있다. 그렇게 어린 시절 독서는 놀이였고, 취미였고, 즐거움이었다. 꾸준히 책을 읽는 아이였지만 처음과 달리 6학년부터 만화잡지를 알게 되면서 만화로 이탈했다. 그 후에 책 대여점이 동네마다 생기면서 만화책을 사지 않고도 적은 돈으로 빌려 볼 수 있었다. 그때부터 친구들과 만화책을 부지런히 돌려 읽으면서 책 읽기는 자연스럽게 밀려났다.

다시 책으로 관심을 돌리게 된 건 고등학교를 졸업한 다음이었다. 그때는 어린 만큼 편협했고, 시야가 좁았다. 게다가 기준과 규칙의 틀이 강한, 대하기 어려운 사람이었다. 당시엔 내 생각을 지지해줄 수 있는 내용의 책들만 골라 읽다 보니 점점 더 견고해지기만 했다. 당연히 스스로 벽을 세우고 있는 것도 모르고 있었다. 아무도 이야기해 주는 사람이 없었기 때문이다. 지금 생각하면 그토록 홀로 벽을 세우고 있는 사람에게 말해 줄 사람이 없는 건 당연하다 싶다. 그러다 보니 스스로 깨달아야만 했는데 그걸 알게 되는 계기도 바로 책이었다.

학부 시절 듣게 된 교양 강의가 있었다. 당시에 상을 받으며 문학계의 주목을 끌던 작가의 강의였다. 누군지도 모르고 신청했는데, 유명세로 인해 제법 수강생이 많았다. 수업은 90년대에 수상 이력이 있는 단편소설 모음집으로 진행되었다. 매시간 지정된 소설을 읽고 감상을 짧게 줄글로 적어가는 게 과제였다. 수업 시간엔 그 소설에 대해, 등장인물에 대해 솔직하게 서로 이야기를 나누었다. 그 교재에 수록된 소설에는 하나같이 이상한 사람들이 나왔다. 왜 그렇게 행동하는지 알 수가 없었다. 지금은 그때 읽은 소설 내용도, 어떤 사건이 있었는지도 기억나지 않는다. 그저 읽는 내내 답답하고 이해가 안 된다고 생각한 느낌만 남아있을 뿐이다. 하지만 아무리 힘들어도 과제를 해야 하고 수업을 들어야 하니 읽어야 했다. 수강생이 그렇게 많았는데 수업 시간마다 선생님은 빼놓지 않고 나에게 질문을 던지셨다. 읽기 힘들어하는 게 보여서 더 그러셨던 것 같다. 매번 이해되지 않는다는 말로 마무리 되었던 나의 소감은 문예창작과 학생들의 그럴듯한 소감들 속에서 부끄러운 수준이었고, 그건 수업을 마칠 때까지 계속되었다. 그래도 학부 4년 중에 가장 인상 깊은 강의였다.

받아들이기 힘든 인물들의 이해하기 어려운 사건들을 소설로 접하면서 내 틀이 깨지고 있었다. 과거와 달리 그런 사람도 있고, 이런 일도 있는 거구나 하는 생각을 할 수 있게 된 것이다. 과제로 읽기 시작한 소설 덕분에 대학의 권장도서 목록에 관심을 갖게 되었다. 목록의 책을 다 읽지는 못했지만, 그 시도를 통해 고전을 읽기 시작했다. 도스토옙스키의 소설은 노동하는 기분으로 읽어야 했지만, 완독하고 나면 독서 근육이 늘었다는 걸 알 수 있었다. 책이 점점 가볍게 느껴졌다. 우연한 계기로 독서모임에 참여하면서 전혀 손대지 않던 분야의 책을 읽기도 했다. 너무 힘들어서 완독을 못 하는 때도 있었으나 한 번씩 힘든 책을 만날 때마다 독서력이 자라고 있었다. 인물과 사건에 기겁할 때마다 함께 모인 사람들은 기꺼이 웃으며 받아들여 주었고 나와 다른 생각을 하는 사람들의 이야기를 들으며 새로운 재미를 알아갈 수 있었다. 독서는 나의 세계를 확장해주었다.

결혼을 하고, 아이를 낳고 키우면서 모든 게 어려웠다. 모두 다 처음이었기 때문이다. 닥치는 대로 육아서를 읽었다. 아무리 책을 읽어도 아이에게 적용할 수 있는 건 한계가 있고, 알면서도 실천하기 어려웠다. 부딪치는 문제는 반복되었기 때문에, 비슷한 맥락의 책을 많이 읽게 되었다. 읽으면서 새롭게 다짐하고 시도하고 좌절하고 반성하는 걸 되풀이하는 게 나의 육아였다. 그 과정을 통해 조금씩 천천히 엄마로 성장하고 있었다. 그동안 책은 옆에서 끝없이 응원하고, 조언하고, 위로해주는 친구였다.

아이가 자라면서, 내 시간이 조금 생기게 되었다. 돌아보니 육아하는 내내 나는 없고 엄마만 남아있었다. 나는 어디로 갔지. 스무살, 인생에 대해 고민하고 방향을 찾아 헤매던 그 시간이 다시 돌아온 것만 같았다. 아이를 사랑하는 마음과 별개로 우울했다. 뭐라도 하고 싶다는 마음이 간절했다. 아이를 키우는 건 가치 있는 일이지만, 육아만 하고 싶지는 않았다. 할 수 있는 일이 있을까. 도대체 무엇을 해야 하나. 아무도 재촉하지 않는데 혼자 조급해하다가 누군가의 눈먼 고객이 되어 돈과 시간을 버리기도 했다. 쓰라린 경험을 양분으로 삼고 인생 역전하고 싶었다. 하지만 길이 보이지 않아 다시 책을 찾았다. 자기계발서와 경제서를 읽기 시작했다.

그렇게 읽은 책을 통해 알게 된 사람들처럼 건물주가 되어 임대료를 받거나, 배당금을 받으며 경제적 자유를 이루는 그날을 꿈꾼다. 책은 목표를 가지라고 말해주었다. 지금은 걸음마 수준도 안 되는 배밀이 단계지만 책에서 만난 사람들이 성취한 것들을 참고

하여 내게 맞는 방법을 찾아 하나씩 해보기로 했다. 이미 성공해서 책을 쓴 작가들은 성공했지만 여전히 그들의 삶에 결론이 난 건 아니라고 말한다. 앞으로도 성취해야 할 목표가 있기 때문이다. 나는 서론을 쓰고 있지만 아직 늦지 않았다고, 지금부터 한 걸음씩 나아가면 된다고, 책은 끝없는 위로와 격려를 보낸다.

문제를 만날 때마다 책을 찾았다. 그때마다 책은 오래된 친구처럼 늘 같은 자리에서 나를 만나주었다. 어려운 일이 생길 때도 손을 내밀면 어김없이 그 손을 잡아주었다. 위로가 필요해 손을 뻗은 날이면 위로해주었다. 조언이 필요해 책에 기대는 날에는 부지런히 말을 걸어주었다. 공부하고 싶어 찾을 때면 이해할 수 있을 때까지 끈기 있게 알려주었다. 언제 어디서든 내가 찾으면 책은 늘 그 자리에서 반겨주었다. 앞으로도 책이 필요한 날들이 있을 것이다. 그리고 책은 언제나 내미는 손을 외면하지 않을 것이다. 한 사람이 한 권의 책이라는 말이 있다. 나는 누군가에게 어떤 책이 될 수 있을까.

살아온 힘, 살아갈 힘

(서정아)

어릴 적 우리 집엔 책이 많지 않았다. 위인전과 동화 등 두어 질의 전집과 백과사전이 전부였다. 몇 권 안 되는 책들이 내게는 작은 보물창고처럼 느껴졌다. 학원에 다니는 친구를 부러워하고, 걸스카우트를 하던 친구를 질투하던 시절, 집으로 돌아오면 책을 펼쳤다. 책은 내게 공부이자 놀이였다. 책을 열면 새로운 세상으로 가는 숨겨진 통로가 펼쳐지는 듯했다. 매번 설렘과 호기심으로 그 세계로 빠져들어 모험을 즐겼다. 비록 현실에서는 멀리 떠날 수 없었지만, 책 속에서는 마음껏 세상을 돌아다니며 더 넓은 세계를 배우고, 뛰놀 수 있었다. 학교에서 돌아오면 빨리 책을 읽고 싶은 마음에 서둘러 숙제를 끝냈다. 어떤 날은 밤늦게까지 책을 놓지 못하고 불빛이 새어 나가지 않도록 문틈에 이불을 둘러 가며 책을 읽었다. 글자 하나하나에 집중했다. 밤이 깊어지고, 방 안이 고요해질 때면 책 속 세계는 더 또렷하게 다가왔다. 그 시간은 현실과 분리된 나만의 안식처였다. 부모님이 큰 소리로 다투는 저녁이면 나는 다시 책을 펼쳐 그 속으로 숨어들었다. 책 속으로 빠져드는 그 시간만큼은 답답한 현실에서 잠시나마 벗어날 수 있었다.

책 속에서만큼은 진정으로 자유롭고 행복했다. 책 속 인물들과 친구가 된 듯 그들의 이야기에 웃고 울며 함께 시간을 보냈다. 현실에서는 혼자였지만, 위로이자 쉼이었던 순간들이었다. 책 속에서는 모든 제약이 사라지고, 내가 꿈꾸는 인물이 될 수 있었다. 나라를 구하는 영웅이 되어 보기도 하고, 열기구를 타고 세계를 탐험하는 모험가가 되기도 했다. 나의 작은 방은 넓은 바다로, 끝없는 하늘로 떠날 수 있는 모험의 출발점이었다. 이런 상상의 시간은 나의 상상력을 길러 주었고, 현실에서도 나만의 시각으로 세상을 바라보는 힘을 길러 주었다. 나만의 세계로 몰입할 수 있다는 것 자체가 어린 내게는 얼마나 소중한 경험이었는지 모른다.

학창 시절 반듯한 모범생이었지만, 마음속엔 늘 불안과 외로움이 가득했다. 친구들, 선생님, 부모님의 칭찬은 달콤했지만 기대가 커질수록 마음속에는 묘한 무게감이 쌓였다. 공부는 즐겁지 않았고, 해야만 하는 일처럼 느껴졌다. 친구들과 어울려 웃고 떠드는 사이에도 어딘가 혼자 고립된 것 같았다. 늘 혼자라는 느낌과 온전히 내가 아니라는 생각이 나를 괴롭혔다. 진짜 내 모습을 들킬까 두려워 숨기려 애썼다. 나는 누구인지, 내가 있는 이 자리가 맞는지와 같은 질문들이 날 계속 괴롭혔다. 그때 책이 없었다면 불안을 홀로 견뎌내지 못했을지도 모른다. 책은 내 질문에 답을 주기보다는 나 자신을 직면하고 바라볼 시간을 주었다. 책을 읽으면서 마음속 혼란이 정돈되고, 무엇을 원하는지 알아갈 수 있었다. 마음속 어둠이 조금씩 걷히며 상처받은 마음을 천천히 치유할 수 있었다. 조금씩 나를 다독이고 받아들이게 되면서, 불안은 희미해졌고 마음이 한결 가벼워졌다. 책이 주는 깊은 위로, 고요함 속에서 비로소 나답게 성장해갈 힘을 얻었다. 책은 답답한 현실에서 마음을 다독여 주는 벗이자, 지켜주는 존재가 되어 주었다.

어느덧 마흔한 살이 된 지금, 두 아이의 엄마이자 아내로, 18년차 직장인으로 살아가며 일과 가정의 균형을 잡으려 노력한다. 일과 육아 사이에서 지칠 때도 있고, 일터에서 크고 작은 문제에 부딪혀 막막할 때도 있다. 매일 바쁘게 돌아가는 생활 속에서 마음이 흔들릴 때면, 다시 책을 찾는다. 책이 늘 즉답을 주진 않았지만, 책 속 문장들은 내 감정과 상황을 잇는 작은 실마리가 되곤 한다. 평소 무심코 지나쳤던 문장이나 생각들이 어느 순간 서로 맞물리며 하나의 답이 되고, 문제를 풀어나가는 길이 되곤 한다. 독서로 쌓아둔 지식과 생각의 조각들이 마치 퍼즐 조각처럼 맞물려 새로운 의미와 그림을 만들어 간다. 그 힘을 알기에 다시 책을 찾는다. 책에 담긴 지혜와 경험은 내 안에서 깊이 스며들어 삶을 바라보는 또 다른 눈을 열어주었다.

몇 해 전, 나와 같은 나이의 지인이 갑작스레 세상을 떠난 일이 있었다. 세 아이를 남겨두고 떠난 그의 죽음은 큰 충격으로 다가

왔다. 가까운 사이는 아니었으나 지인의 죽음 후 마음을 짓누르는 우울감은 쉽게 사라지지 않았다. 그와 나의 삶이 겹쳐 보였고, 언제든 나도 마지막을 맞을 수 있다는 현실을 실감하게 되었다. 남겨질 가족과 살아야 할 삶에 대해 깊이 고민하게 되었다. 무엇을 남겨야 할지, 또 어떻게 삶을 마무리해야 할지 생각이 많아졌다. 막연한 두려움과 슬픔에서 벗어나고자 책을 집어 들었다. 삶을 되돌아보고 정리하며 두려운 감정을 조금씩 내려놓을 수 있었다. 남겨질 이들을 위한 준비이자 마지막 순간까지 의미 있는 삶을 살아가야 한다는 다짐으로 매년 유서를 쓰기 시작했다. 책을 읽으며 삶을 정리하는 시간은 작은 위안이자 이정표가 되었다. 떠나간 이의 빈자리도, 남겨진 시간도 결국 어떻게 채워가느냐에 따라 그 빛깔이 달라질 것이다. 책은 두려움에 갇히지 않고 삶을 이어갈 용기를 되찾아 주었다.

책에 몰두해 있는 아이들의 모습을 곁에서 볼 때면 어린 시절 설렘이 다시금 떠오른다. 내가 걸어온 시간 속에서 책이 위로와 힘이 되었듯이, 우리 아이들도 언젠가 자신만의 책 속 세계를 발견해나가길 바라는 마음이다. 삶의 길목마다 함께해준 책들. 책은 답답한 현실에서 잠시나마 벗어나게 해주었고, 더 큰 세상을 연결해주었다. 인생의 중요한 순간마다 결정을 이끌어주었던 책들. 운 좋게도 책에서 해답을 찾기도 했고, 나를 이해할 거울이 돼 주기도 했던 책. 모든 사람에게 그러하다고는 말할 수 없겠지만, 적어도 내게는 삶의 방향을 잡아주는 존재였다. 책은 내가 살아온 힘이었다. 인생의 중요한 순간마다 읽었던 책이 지금의 나를 만들어주었으니까. 아직도 삶 곳곳에 남아있는 책의 흔적. 앞으로 살아가는 길에도 발맞춰 나아가는 벗이 되어 주겠지. 단번에 갈 수는 없을 것이다. 하여 계속해서 책을 읽어나간다. 지금까지 그래왔듯 책은 살아온 힘이자, 살아갈 힘이 되지 않겠는가.

외로운 시간을 책과 함께 버티고 나니 해결되어 있었다

(강소이)

착한 딸, 말썽 한번 없이 자란 학생의 학교생활을 가까이에서 들여다보면 어떤 모습일까.

초등학교 5년간 학급 임원이라는 자리에서 책임감과 협동심을 배운 한 아이는 중학교에 입학한다. 이후 3년간 반장을 또 하게 된다. 친구들과 어울리는 것이 세상에서 가장 재미있을 나이였다. 담임 선생님의 전달사항을 전하기보다 수다 떨기를 더 좋아하는 아이였다. 내가 좋아서 반장선거에 나갔고 당선되었지만 기쁨도 잠시. 첫 학교 발령을 받은 신입 선생님이 이제 막 중학생이 된 우리의 담임이 되었다. 선생님은 빈번히 나를 불러 학급 일을 의논했고 선생님의 편이라는 오해로 친구들과 멀어졌다. 섞이지 못해 겉돌았던, 참 많이 힘들었던 1학기였다. 부모님과 선생님은 모범적이고 순종적인 학생의 모습을 기대했고 친구들은 내가 공평하고 성격 좋은 반장이기를 바랐다. 나는 그저 평범한 아이였을 뿐인데 말이다. 친구들과 신나게 수다를 떨고 있다가 옆 반 선생님에게 걸리면 혼나는 건 내 몫이었다. 꾸지람에 주눅 들어 친구들에게 눈길을 돌리면 그들은 내 눈을 피했다. 함께 노는 것은 즐겁지만 같이 혼나는 건 사양하는 어린 아이들이었다. 1학년 1학기 때는 반장과 14살 여자아이라는 두 개의 역할에서 많이 흔들렸다.

관심받는 것도 좋아하고 오지랖도 넓었던 나는 반 친구 모두를 챙겨야 직성이 풀렸다. 덕분에 어느 누구 옆에 있어도 어색하지 않게 지냈지만, 막상 그 나이 때 필요한 단짝이 없었다. 친했던 친구들은 나와 오롯이 시간을 보내지 못했고 점점 멀어졌다. 제일 지루하고 괴로웠던 시간은 쉬는 시간, 점심시간이었다. 삼삼오오 모여 하하 호호 웃는 친구들에게 슬쩍 다가가 옆에 앉아 본다. 하지만 대화에 끼지 못하고 겉도는 기분이다. 그래서 외로움을 감추고 혼자만의 시간을 보내는 방법을 찾아야 했다.

그즈음 비디오와 책을 빌려주는 대여점이 많이 생겼다. 도서관에서 인기가 많은 책은 이미 대출 중이었고, 아이들이 즐겨보는 만화책은 비치되지도 않았던 때였다. 집에서 걸어서 5분 거리였던 책 대여점에 일주일에 두 번, 세 번, 많으면 다섯 번도 들락거리며 끊임없이 책을 빌렸다. 만화책을 빌려 읽자니 학교에서 눈치가 보였다. 글이 있어야 했다. 그때 엄청나게 읽었던 책이 판타지 소설이었다. 선생님들이나 친구들 보기에도 안전했고 건전한 나만의 시간이었다. 내용도 재미있었다. 시간이 즐겁게도 잘 지나갔다. 쉬는 시간이 기다려질 정도였다.

나의 외로움이 책에 가려져 있는 동안 시간은 흘렀다. 아이들도 상황에 익숙해지며 성장했다. 어색하게 다가가지 않아도 친구들이 곁으로 모여들었다. 자연스럽게 다시 아이들과 친해졌다. 그 시절 친구들과 팔짱을 끼고 찍은 사진을 보면 입이 얼굴의 반이 되도록 활짝 웃고 있는 내 모습이 있다. 감사하게도 그 시간을 건강하게 지내온 듯하다.

고등학교 시절은 어땠을까. 밝고 활발한 친구들을 만나 재미나게 지내기 시작할 무렵 예상치 못했던 복병을 만났다. 10시간이 넘는 긴 시간을 앉아서 보내야 하는 스트레스에 학교에서 대변이 나오지 않았고 배에 가스가 가득 찼다. 수업시간에는 선생님의 목소리로 묻혀있던 내 뱃속 소음들이 조용한 야간자율학습 시간에 나를 괴롭혔다. 3~4시간 동안 배를 움켜잡고는 다른 친구들에게 들킬세라 배에서 나오는 부글부글 소리를 감춰야 했다. 꾸르륵 보글보글 부으응. 방귀 소리로 오해하기 딱 좋은 우렁찬 소리들이 배에서 빠져 나왔다. 너무 창피해서 도저히 공부에 집중할 수가 없었다. 소리에 맞춰 괜히 책상과 의자를 요리조리 움직여 감춰보려고 했지만 헛수고였다. 하아. 자습을 째고 집에 갈 수도 없는, 하루 이틀의 문제가 아니었다. 그때부터 학교 안에서의 도피가 시작되었다.

3학년 때는 저녁 식사 시간이 끝나고 자습을 알리는 종이 울리면 주섬주섬 체육복을 챙겨입고 자리에서 일어났다. 학교 꼭대기

층에 있는 문 닫힌 교내 도서관 앞 책상에 자리를 잡는다. 학생들이 쉴만한 공간이 있는 데다가 교실 밖에서의 소음이 나의 긴장감을 풀어주었다. 수시 모집을 준비하거나 이미 붙은 아이들과 함께 시간을 보냈다. 스마트폰도 태블릿도 없던 시절이라 나는 또 손에 들고 있을 뭔가가 필요했다. 책이었다. 판타지 소설이나 만화로는 성에 차지 않았다. 야간자율학습 3시간이 얼른 흘러가 버릴 만큼 흥미로워야 했고 고민 끝에 찾은 것은 연애소설이었다. 책 대여점 사장이 추천해주는 소설책을 교과서 속에 숨겨 읽었다. 자습시간을 마치는 종소리가 울리는 게 아쉬울 만큼 시간이 빠르게 흘렀다. 그렇게 또 나는 책과 함께 외로운 시간을 버틸 수 있었다. 학교에서는 꾸르륵 소리가 요란하게 나다가도 독서실만 가면 내 배는 고요했다. 학교를 마치고 나면 저녁 9시. 버스를 타고 집 근처 독서실로 가면 2시간 남짓 공부에 집중할 수 있었고 대학 입학과 졸업을 무사히 마쳤다.

신혼생활은 짧았고 1년 뒤 아이가 태어났다. 아이와 한 몸이 된 상태에서 할 수 있는 일이 많이 없었다. 밥 한 끼 먹는 것도 화장실에 가는 것도 마음대로 되지 않았다. 소파 아래 바닥 자리, 아이가 누워있는 곳 가까이에 앉아서 온종일을 보냈다. 작은 탁자에 먹을 것과 마실 것을 조금 가져다 놓고 TV를 켰다. 넷플릭스로 보고 싶었던 영화를 봤다. 아이가 울면 안아주고 먹여주고 재워줬다. 임신 기간 중 고관절과 허리에 이상이 생겨 걷는 것조차 내 마음대로 되지 않았던 몸은 출산 후에도 회복이 느렸고 아이를 돌보는 일이 아주 힘겨웠다. 똥기저귀를 갈아주고 씻겨줄 때 말고는 거의 일어나지 않았다. 시간이 흐르고 아이가 뒤집기를 했다. 변화가 조금씩 생긴 것은 그때부터였다. 아이가 목을 꺾어 가며 TV 쪽으로 눈을 돌리니 계속 시청을 할 수가 없었다. 엎드려 있는 힘이 생기고 목 가누기가 되면서부터 나도 엎드려서 책을 봤다. 읽은 것이 아니라 보기만 했다. 조금씩 기어 다니고 손을 움직일 줄 알게 될 때 그림책을 던져주고 한 발짝 멀리서 엎드려 책을 읽기 시작했다. 육아서를 시작으로 짧게 끊어 읽을 수 있는 에세이를 읽었다. 도서관에는 '행복 꾸러미'라고 도서관 이용이 불편한 사람들에게 책을 보내주는 서비스가 있다. 택배를 기다렸다가 읽어야 되는 것이 단점이지만 문 앞까지 책이 배달된다는 것은 큰 장점이다. 이 서비스를 적극적으로 활용했다. 그동안 못 읽었던 책들을 실컷 읽기 위해 부지런히 신청했다. 읽고 반납하고 또 빌렸다. 아이는 나에게 기어왔고 책을 뜯어 먹었지만, 도서관 책을 사수하기 위해 술래잡기하듯 기어 다니면서 읽었다. 아이는 그것을 놀이로 받아들였다. 그렇게 조금씩 웃을 수 있었다.

겉과 속이 다른 내 모습이 싫었다. 인기 많아 보이는 반장이지만 같이 점심 먹을 친구 하나 없는 외톨이 시절. 책을 읽는 시간만큼은 그 모습을 잊을 수 있었다. 책을 읽는 동안에는 외롭지도 않았고, 어색한 상황을 해결하려 애쓰지 않아도 되었다. 기다리는 시간을 홀로 버티지 않아도 되었고, 타인을 의식해 나를 감추지 않아도 되었다. 독서 할 때만큼은 나 자신이 사라져버린 것처럼 그 공간에서 분리됨을 느꼈다. 그래서 그랬나 보다. 안전하다는 느낌에 더욱더 현실에서 책으로 피해 다녔던 것이. 아이가 태어나 엄마가 되고 나니 한순간도 내 마음대로 되지 않는 상황이 나에게는 버거웠다. 그때 또다시 만난 책. 숨조차 쉬어지지 않던 시기 나의 숨통을 틔워준 고마운 존재다. 아무것도 할 수 없다고 생각했던 나에게 작은 문이 열렸다. 책은 현실을 피해 도망 다니던 나를 부드럽게, 때로는 냉정하게 현실에 발붙이도록 잡아주었다. 책 속에 숨어서 안전하게 시간을 버티고 나니 힘들었던 상황은 지나가 있었고 나는 성장해 있었다. 아니, 나를 포함한 내 주변의 모든 것이 변해 있었다.

추억의 올드 팝송 같은 책

(고은진)

내게 '책' 하면 떠오르는 이미지가 있다. TV 양쪽에 놓인 커다란 앰프 스피커와 4, 5단으로 쌓인 오디오 기기 세트, 아버지가 즐겨 들으시던 추억의 올드 팝송 CD 모음집 그리고 무협지들. 향수를 불러일으키는 장면이 아직도 눈에 선하다.

외동으로 자라 어린 시절 집에 혼자 있는 시간이 많았다. 무료한 시간을 달래기 위해 내가 선택한 건 오디오 기기였다. TV를 보며 시간을 보내는 것보다 아버지의 CD 목록에서 ABBA 노래나 수잔 잭슨의 'Evergreen'을 틀어놓고 흥얼거리는 것이 뭔가 어른스럽다고 생각했던 시절이었다. 아버지는 쉬는 날이나 시간이 날 때마다 무협지와 장편소설을 빌려보곤 했는데, 뭐가 그렇게 재미있길래 매번 책을 읽으시는지 궁금했다.

그런 아버지 덕분일까, 내게 인생 책이라 할 만한 책과 관련한 추억들이 꽤 많다. 그중에서도 베스트 3에 드는 기억이 있다. 그 소중한 추억 덕분에 살면서 힘든 일이 생겼을 때마다 책을 찾게 되었고, 나뿐만 아니라 우리 아이들도 책에서 지혜를 구하는 삶을 살길 바라게 됐다.

첫 번째 인생 책은 <엄마 찾아 삼만리>라는 동화책이다. 내용을 대략 회상하자면, 이탈리아 제노바에 사는 13살 마르코의 어머니는 어려운 삶을 살아가며 아픈 남편을 대신해 멀리 아르헨티나로 떠나 일하게 된다. 어머니와 연락할 방법은 엽서로 소식을 기다리는 것뿐이었는데, 어느 날 갑자기 연락이 끊기게 된다. 걱정하던 주인공 마르코가 어머니를 찾으러 떠나는 여정을 담고 있다. 외동이라 그런지, 주인공 마르코가 느끼는 다양한 감정들을 함께 느끼며 펑펑 울었던 책이다. 다른 책들도 많지만 어린 시절의 기억에 가장 남는 첫 번째 책이었다. 내가 초등학교 시절에 인상 깊게 읽은 책이고, 최근 우리 아이들이 초등학생이 되니 옛 추억을 회상하며 다시 구매해 읽게 됐다. 그때는 '아이'의 입장에서 봤다면, 지금은 '엄마'가 되어 읽으니 같은 책이지만 상황에 따라 읽는 느낌이 달라졌다. 시간 차이를 두고 읽는 것도 좋은 방법처럼 느껴졌다.

두 번째 인생 책은 틱낫한 스님의 <화>라는 책이다. 이 책을 알게 된 것은 공부만큼 교우 관계도 민감했던 고2 시절이었다. 친구와 다투고 5일 동안 서로 말을 하지 않으며 답답함이 점점 커졌던 시간이었다. 친구에게 화가 나기도 하고, 대체 어느 부분에서 화를 내는지 몰라 더 화가 났다. 속상한 마음에 바로 〈화〉에 관한 책까지 찾아봤다. 화나는 감정을 어떻게 풀어야 하는지, 서로 감정 상하지 않고 친구들과 원만하게 풀 수 있을지 고민하며 책을 찾아보았으니 기억에 남지 않을 수가 없다.

〈화〉에는 여백 가득 그 시절 화가 났을 때 내가 보인 반응에 대한 후회들과 친구와 문제를 어떻게 해결할지 일기장처럼 적혀 있다. 손때가 많이 묻은 책이 되어 20년이 지난 지금도 소장 중이다. 그때 무슨 일로 싸웠는지 기억나지 않지만, 여백에 쓴 글들을 보면 그때의 상황과 감정이 고스란히 떠올라 간혹 그 시절이 그리워진다. 학창시절 친구 문제나 이성 문제 등 고민이 생길 때 마음을 터놓고 현명하게 해결할 방법을 책에서 찾았다. 친구들끼리 이야기하기에는 나이가 같으니 뚜렷한 답이 보이지 않아 답답할 때도 있었고, 학창시절이라 부모님과 이성 문제로 이야기하기는 부끄러워 나만의 멘토를 책으로 삼았다. 그렇게 어느 날부터 책은 내게 온 마음을 터놓을 비밀친구이자 조언자가 되었다.

마지막 세 번째 인생 책은 앨빈 토플러의 〈부의 미래〉다. 아버지는 스무 살 성인식을 맞이한 내게 장미꽃 한 송이와 함께 책을 선물해 주셨다. 경제적 독립을 위한 디딤돌이 되라는 의미였을까, 첫 경제 도서의 선물은 아버지와 소중한 추억이 되었다. 책에 대한 좋은 이미지 덕분에 나는 꾸준히 독서를 이어왔다.

결혼 후에는 남편을 잘 이해하고 싶어 부부에 관한 책을 읽었고, 아이들을 출산한 후에는 육아를 잘하고 싶어 육아 관련 도서를 읽어왔다. 이후 일도 운명처럼 책과 관련한 회사에서 북큐레이터로 일하며 계속해서 더 나은 모습을 기대할 때마다 새로운 아이디어를 찾기 위해 꾸준히 책을 읽기를 유지해 왔다. 하지만 나에게도 고비가 찾아왔다. 2023년, 개인적인 일로 너무 힘들어 책도 보고 싶지 않은 시간이 있었다.

그 시간을 술로 버텼다. 술로 힘듦을 달랠 당시는 숨통이 트이는 것 같았지만, 다시 아침이 밝으면 현실의 문제는 여전히 남아 있었다. 그런 악순환이 계속되니 몸도 마음도 망가진 내가 보였다. 아무리 마음이 힘들어도 나와 내 가족을 위해 잘 살아내야 했고, 남은 인생을 의미 있게 살기 위해 고민되는 부분부터 관련 책을 찾았다. 그러나 꾸준히 읽던 책을 1년여 가까이 읽지 않아서일까, 혼자 책을 읽는 것이 어려웠다. 여태 책을 읽었지만, 당장 책을 읽는다고 삶이 달라지는 것도 못 느꼈다. 그래서 나만 그럴까? 하며 다른 사람들은 어떻게 책을 읽는지 궁금했다. 그동안 유명한 분들의 강의도 듣고 많은 비용을 지불하고 교육을 받았지만, 현실의 나는 그 사람들처럼 달라지지 못했다. 환경 변화가 절실해졌다. 그간 교육을 들은 유명 강사들의 커뮤니티에서 함께 할 수도 있었지만, 이미 자기계발에 익숙한 사람들이 많아서 다시 시작하는 초보와 같은 나는 그들과 함께 하기에 부담스러웠다. 소그룹으로 매일 꾸준히 뭔가를 같이 해나가는 환경으로 나를 몰아넣고 싶었다. 그러다 우연히 '소소작가'의 블로그 글을 보고 모임을 함께 한 이후, 다시 한 걸음씩 나아갈 수 있었다.

독서모임을 시작으로 아이들 공부를 시키기만 하는 게 아니라 나도 함께 책을 읽고 매일 감사일기와 가계부 쓰는 모습을 자주 보여줬다. 아이들이 나만 공부해야 되는 게 아니구나, 생각이 들게끔 어른이 되어서도 다들 책 읽고 공부하는구나 하고 느끼도록 같이 공부하는 환경을 만들었다. 자연스레 내 시간도 늘어나 서재의 책들이 점점 더 늘어나고 있는 요즘이다.

올드팝이 오랜 시간이 지나도 세대를 아울러 사랑받는 것처럼, 내게도 책이 그렇다. 어린 시절의 향수를 불러일으키는 장면들 덕분에 시간이 흐른 지금까지 책이 좋다. 의미 있는 날 인상 깊은 선물로 책을 주신 아버지처럼, 나의 자녀들에게도 그러하리라 다짐한다. 재미로 읽은 책이었다. 인생의 조언을 듣고 싶을 때 항상 책을 읽었다. 그러면서 조금씩 내 삶이 변한 것처럼 나의 자녀들도 그랬으면 좋겠다.

앞으로 살아가는 순간마다 기쁜 일이 생길수록 남에게 더 베푸는 사람이 되었으면 한다. 반대로 힘들고 아픈 일로 인해 위기를 겪어도 책을 곁에 두어 더 나은 방법을 모색하고, 책을 디딤돌 삼아 스스로 일어날 수 있는 힘을 가졌으면 한다. 아이들에게 모범을 보이기 위해 나부터 몸소 실천하며 훗날 엄마를 추억할 때 이런 삶을 살아온 사람이라고 이야기하면 좋겠다. 아버지가 내게 선물해 주신 것처럼 책과 더불어 사는 삶으로 세대를 이어가고 싶다.

책가방이 무거웠던 아이

(김민정)

밤길을 산책하고 있었다. 중학생 정도로 보이는 남학생과 여학생 두 명이 나란히 걸어가고 있는데 마른 몸에 비해 가방이 꽤나 크고 묵직해 보였다.

'학교 다닐 때 내 가방 같네… 어쩌면 내 가방이 더 무거웠을까?'

내 책가방은 언제나 한 짐 가득 무거웠다. 오늘 하루 집 밖에 나가 있는 동안 필요한 모든 것들을 가방에 쓸어 담고 다녔다 해도 과언이 아닐 만큼, 필요한 짐만 넣고 다니지 못했다. 가방 안쪽에는 안약, 손수건, 휴대용 티슈, 지압봉 같은 잡동사니들, 파우치에는 샘플로 받은 스킨과 로션, 립밤도 두세 개씩, 그리고 만약을 대비한 반창고까지 가방 속에 여백 없이 빵빵하게 채워 넣고 다녔던 기억이 있다. 그중에서도 가장 무게가 많이 나가는 건 아마도 책이 아니었을까. 아침마다 등교 준비를 하고 나갈 때면 오늘 내게 꼭 필요할 만한 책이나 그날그날 읽고 싶다는 생각이 드는 책 한두 권을 가방에 넣고 집을 나섰다.

학창 시절은 뿌연 안개 속을 걸어 나가는 것 같았다. 눈앞에 닥친 진로, 장래의 꿈, 친구들과의 관계, 사랑, 수많은 고민과 걱정들 속에 현실과 이상의 거리는 시간이 갈수록 더욱 멀어져 갔다.

산다는 건 뭘까, 어떻게 살아야 할까, 또 왜 살아야 할까, 난 어떤 꿈을 꾸고 무슨 일을 하며 살아가야 할까. 거대한 의문 속에 현실적인 삶의 문제들로 미래에 대한 희망보다는 두려움이 더 커져 갔다. 그저 부모님이 바라는 대로, 남들 하는 만큼, 좋아 보이는 대로 살아가야 한다고 생각했던 때였기에 목표도 단순했고 시야도 좁았다. 두려움도 겁도 많던, 방황하고 움츠러든 시절의 자신감 없던 나였다.

시끌벅적한 쉬는 시간 중에도 가위에 눌리기도 했었던 고된 수험 기간을 마치고, 점수에 맞춰 가까스로 국문과에 입학했다. 책 자체를 좋아하기는 해도 많은 양의 책 읽기는 버거워하던 내게 같은 과 학생들의 독서력과 필력은 더욱 주눅이 들게 했다. 조정래의 <태백산맥>, 박경리의 <토지>처럼 대하소설을 좋아하는 이들도 있었고, 당시 유행하던 싸이월드 미니홈피 일기를 정말 한 편의 시처럼 소설처럼 작품같이 써서 올리는 친구들도 있었다.

전공 서적도 무거웠고, 읽어야 할 텍스트의 양도 엄청났다. 매주 읽어 와야 하는 책들도 여러 권일 때가 많았는데, 지금 생각하면 그리 재밌거나 즐겁지 않았다.

국문과 수업은 국어학, 국문학을 연구하는 수업이 대부분이었다. 전근대 문학, 고전문학을 다루는 시간도 많아 역시 딱딱하고 흥미롭게 느껴지지 않았다. 써내야 하는 글은 많았지만, 딱히 글을 잘 쓰는 법을 가르쳐 주는 곳도 아니었다. 새로운 분야에 대한 호기심 때문이었을지 모르겠지만, 교양 강좌나 언론영상학과 등의 다른 과 수업을 들을 때 오히려 더 신이 나기도 했었다.

매주 책 두세 권을 기본으로 읽고 와서 토론해야 하는 시간에는 정말 머리에 쥐가 날 것만 같아 수업이 끝나는 시간만을 기다렸다. 시간에 쫓겨서 읽어야 하는 책들은 그저 내게 과제일 뿐이었다. 그래서 누군가가 시켜서 읽어야 하는, 꼭 읽어야만 하는 책이 아닌, 오늘 내가 꼭 읽고 싶은 책 한두 권쯤은 늘 일상 속의 상비약처럼 가방에 넣고 다녀야 했던 것이다.

그런 대학 생활 중에도 나름의 도피처가 있었는데, 연계 전공으로 개설된 문예창작학과 수업이다. 그곳에서는 진짜 글을 쓰는 사람들과 가까이 만날 수 있었기 때문이다. 진심으로 글을 쓰고 싶어 찾아온 다른 과 학생들, 신춘문예에 도전하는 이들, 글 쓰는 일을 밥벌이로 하다가 다시 복학한 고학번 언니들도 있었다.

시인인 교수님, 그리고 저마다 인생에 서사가 가득한 사람들과 수업이 끝나고 학교 앞 호프집에서 '꽃, 위하여!'라 외치며 시원한 맥주 한 잔 들이켜던 시간 - 치맥 타임을 갖는 것만으로도 당시 내게는 충분히 감명 깊은, 감성 충만하고 유익한 수업이었다.

그 시절 나의 유일한 취미는 서점에 들르는 것이었다. 서울로 올라와 기숙사와 자취 생활을 하며 주로 혼자 보내야 하는 시간이 많았던 나는 친구들과 함께 북적대며 보내는 시간을 가장 좋아했었지만, 홀로 보내야 하는 시간이 오면 훌쩍 떠날 수 있는 유일한 곳은 종각역에 있던 반디앤루니스(현 종로서적)와 영풍문고, 그리고 광화문의 교보문고였다. 그저 책이 가득한 공간에서 마음껏 거닐며 둘러보는 게 좋았다.

서점에 도착하면 먼저 베스트셀러에 내가 모르는 새로운 책이 올라왔는지 확인했다. 또 신간 코너에 따끈따끈한 새 책이 들어오면 신이나 펴보았다. 관심 있는 분야의 책꽂이를 이쪽 끝에서부터 저쪽 끝까지 텍스트처럼 주욱 훑어보기도 하고, 한쪽에 진열된 문구류를 둘러보는 것도 서점 여행의 큰 즐거움 중 하나였다.

보고 싶은 책들을 마음껏 빼두고 보다가 그날 마음에 많이 남는 책 한 권을 사서 돌아가는 길은 어찌나 충만한 기분이 들던지. 마치 숨겨둔 보물을 찾은 것 같은 기분이었다. 그렇게 책방을 오고 가는 시간이 흐르면서 어느덧 자연스럽게 나의 취향과 눈높이에 맞는, 또 내게 도움이 될 만한 책들을 골라내는 눈이 생겼다.

늦은 밤 책가방을 멘 어린 학생들의 뒷모습을 보며 떠오른 나의 어린 시절. 미래에 대한 걱정과 두려움으로 가득했던 날들이었지만 상처 난 마음에 언제든 바를 수 있는 상비약처럼, 마음의 허기짐을 채우기 위해 언제든 꺼내 먹을 영혼의 간식처럼, 영혼의 배고픔을 달래는 비상식량처럼 가방 속 책들은 어린 시절 내 든든한 자신감이었다.

자신에 대해 무지했던 겁 많고 소심하던 나는, 이제 읽고 싶은 책을 마음껏 찾아 읽으며 그 속에서 나라는 존재를 다시 발견한다. 길을 잃어버린 것 같은 때마다 삶의 의미와 목적도 책으로부터 찾아 나가며, 진정으로 내 인생의 주인공이 되어 살아가겠다는 다짐을 한다. 삶의 크고 작은 문제가 닥쳐올 때에도 이제는 조금 더 유연하게 받아들이며 해결의 실마리도 책 속에서 찾아가는 여유도 생겼다.

이 모든 것이 내가 책에게 의지하고, 책에게 기대어 살아간 많은 순간이 있었기 때문에 가능했던 것 아닐까. 물리적으로나 정신적으로 언제나 내 삶 가까이에 있었던 책. 그 책 속 한 구절 한 구절이 방황하던 나를 붙잡고 이끌어 주며, 지쳐 쓰러질 때마다 나를 일으켜 세워온 것일 거다.

흔들림이 선물한 새로운 시작

(박은경)

“선생님은 제가 가장 존경하는 사람이에요.”라며 떨리는 목소리로 눈을 맞추며 말하던 그 아이. 학교 학생부의 존경하는 사람 난에 나의 이름을 적었다고 배시시 웃으며 말했다. 십여 년이 흐른 지금도 그 순간을 떠올리면 코끝이 시큰해진다. 나는 학습 코치였다. 수많은 아이와 부모를 만났고, 그들의 고민을 들었다. 때로는 함께 웃었고, 때로는 함께 울었다. 코칭학 박사라는 타이틀이 있었고 교육 코칭 전문가로 불렸다. 아이들의 성장을 돕는다는 자부심으로 하루하루를 살았다. 하지만 모든 순간이 빛나지는 않았다. 많은 에너지를 쏟은 아이가 제자리걸음을 할 때면 마음이 무거웠다. 그럼에도 앞으로 나아가야만 했다. 최선이라는 목표를 향해 내가 가야 할 길이라고 믿었다. 더 이상 혼자 끌어안고 있을 수 없어 동료에게 고민을 털어놓았다. 열심히 하는 아이가 있는데 결과가 잘 나오지 않아 어떻게 해줘야 할지 막막하다고 말했다. 동료는 요즘, 아이들의 공부 능력은 태어날 때부터 정해진다는 생각을 많이 한다고 했다. 지금까지의 경험과 자신의 육아 경험을 통해 그런 생각이 더욱 강해졌다고 했다. 망치로 머리를 맞은 듯했고 순간 온몸의 힘이 빠져나갔다. '아이가 태어날 때 머리를 타고난다면 나 같은 학습 코치는 필요 없는 것 아닌가?' 스무 해 이상 쌓아온 나의 신념이 모래성같이 느껴졌다. 그때부터 내 마음 한구석에는 균열이 생겼다. 주어진 일에 최선을 다했지만, 내 안의 갈증은 해소되지 않았다. 질문들이 끊임없이 떠올랐다. 나는 정말 필요한 사람인가? 지금 나 자신을 속이고 있는 것은 아닌가? 교육 코칭 전문가로서 정체성이 흔들렸다. 그런 혼란 속에서 한 아이의 어머니가 찾아와 고민을 털어놓았다. 자신의 아이는 공부와는 맞지 않는 것 같다며, 열심히 시켜도 성과가 나오지 않는 것을 보면 머리가 좋지 않은 것 같다고 했다. 침묵이 흘렀다. 전문가로서 뭔가 답을 해야 했으나, 이제는 정작 나조차 확신이 없었다. 그 시간을 어떤 말을 하고 마쳤는지 지금도 기억이 없다. 변화는 그렇게 시작되었다.

학습 능력이 타고나는 것인지 아닌지에 대한 과학적 근거가 필요했다. 더는 막연한 믿음으로 아이들을 만날 수 없었다. 그래서 뇌 과학 서적을 찾아 읽기 시작했다. 절실했다. 20여 년의 시간, 그동안 쌓아온 경험과 지식이 한순간에 무너져 내리는 것 같았다. 특히 '아이들의 공부 능력은 타고나는 것'이라는 동료의 말은 나의 존재 이유마저 의심스럽게 만들었다. 혼란스러웠고, 깊은 수렁으로 빠져들어 가는 듯했다. 밤마다 책상에 앉아 골몰했다. 그동안 만났던 수많은 아이의 얼굴이 스쳐 지나갔다. 그들에게 진정한 도움을 주었던 것일까? 그저 헛된 희망을 심어준 것은 아닐까? 이런 자문을 하면서 책장을 넘겼다. 뇌 과학 서적들은 내가 붙잡은 마지막 희망이었다. 처음에는 막막했다. 어디서부터 시작해야 할지 갈피를 잡을 수 없었다. 전문가들이 일반인을 위해 쓴 책부터 하나씩 읽어나갔다. 복잡한 의학 용어 대신 일상의 언어로 풀어낸 설명들이 마음속으로 스며들었다. 때로는 최신 연구 동향을 파악하기 위해 학술지도 찾아보았다. 이해되지 않는 부분은 몇 번이고 다시 읽었다. 메모하고, 다시 읽고, 또 메모했다. 그리고 마침내 그것을 만났다. '뇌의 가소성(可塑性)!' 이 한 단어가 내 세계를 뒤흔들어 놓았다. 나는 줄곧 믿어왔다. 뇌는 성인이 되면 성장을 멈추고 그저 늙어 갈 뿐이라고. 그러나 진실은 달랐다. 뇌는 끊임없이 변화하고 성장한다. 특히 학습 과정에서 일어나는 시냅스의 변화와 뉴런의 재배열은 내게 깊은 울림을 주었다. 이는 단순한 지식 이상이었고, 내 존재 이유에 대한 과학적 증명이었다. 그동안 해온 나의 교육 활동이 결코 헛되지 않았음을 알게 해 준 소중한 발견이었다. 밤이 깊어가는 줄 모르고 책과 씨름했다. 그렇게 배운 것들을 블로그에 옮겨 적기 시작했다. 신기했다. 책 속의 차가운 지식이 글을 쓰는 순간 따뜻한 이야기로 변하는 것이. 특히 뇌 과학과 학습의 관계, 부모들을 위한 양육법을 쓸 때면 가슴이 뛰었다. 그 내용은 단순한 정보가 아니었다. 살아 숨 쉬는 지식이 되어 내 안에서 자라나고 있었다. 밤마다 컴퓨터 앞에 앉아 글을 쓰면서 조금씩 성장했다. 뇌 과학이라는 이론적 근거를 토대로 글을 쓰다 보니, 학습과 교육에 대한 나의 관점도 더욱 단단해졌다.

이러한 깨달음은 자연스럽게 교육 방식의 변화로 이어졌다. 단순히 코칭학 박사의 전문지식과 경험에만 의존하지 않았다. 사회과학적 근거와 오랜 경험에서 오는 직관은 여전히 소중했지만, 여기에 학습을 관장하는 뇌에 대한 과학적 이해가 더해졌다. 특정 학습 방법이 효과를 보이는 이유를 알게 되었고, 아이들의 뇌가 최적으로 작동하는 환경을 이해하게 되었다. 독서는 전문가로서의 정체성을 완전히 새롭게 정립하는 계기가 되었다. 실행 학문인 코칭학의 토대 위에 뇌 과학이라는 단단한 기반이 더해지면서, 더욱 성숙한 전문가로 거듭났다. 과학적 이해를 바탕으로 코칭 철학은 더욱 견고해졌다. 아이들의 무한한 성장 가능성을 과학적 근거를 바탕으로 확신할 수 있게 되었고, 아이들과 학부모들에게도 큰 힘이 되었다. 또 다른 중요한 발견은 '실패'와 '실수'의 가치였다. 뇌 과학 연구들은 말해주었다. 실수할 때마다 뇌는 추가적인 신경 회로를 만들어내고, 이를 통해 더 강력한 학습이 이루어진다고. 실수의 순간이 오히려 뇌의 성장을 촉진한다는 사실은 놀라웠다. 이제는 자신 있게 말한다. "실수를 두려워하지 마세요. 그것은 여러분의 뇌가 성장하고 있다는 증거입니다." 뇌 과학 독서는 나의 시야를 더욱 넓혀주었고, 내 앞에 희망의 길을 열어주었다. 단순히 학습 역량을 높이는 것을 넘어, 아이들의 뇌 발달을 돕는 것이 목표가 되었다. 특히 성장하는 아이들에게 뇌의 가소성을 높이는 절대적 방법인 독서 코칭을 연구하기 시작했다. 책을 통해 배운 뇌 과학 지식을 실제 코칭 현장에 적용하면서, 매일 다양한 가능성을 발견하고 있다.

지금까지 한 발전들을 기록하고 나누고 싶었다. 뇌 과학에 기반한 학습법과 양육 방법을 블로그에 소개하면서 더 많은 부모가 자녀의 잠재력을 믿게 되길 바란다. '내 아이는 머리가 나쁜가 봐!'라며 아이의 미래를 포기하려는 부모들에게, 뇌 과학이라는 확실한 근거를 가지고 희망을 전할 수 있다는 것이 얼마나 큰 기쁨인지 모른다. 돌아보면 전문가로서의 위기는 축복이었다. 한 권의 책, 한 줄의 문장이 삶을 바꾸는 순간이 있다. 독서는 단순한 지식의 원천을 넘어, 내 존재 이유를 찾아준 나침반이었다. 의심은 질문이 되었고, 질문은 독서가 되었으며, 독서는 마침내 확신을 가져다주었다. 책장을 넘길 때마다 교육자로서의 정체성은 더욱 선명해졌고, 흔들리던 마음은 단단한 믿음으로 거듭났다. 이제는 알게 되었다. 진정한 성장은 편안함이 아닌 흔들림에서 시작되며 그 흔들림 속에서 우리를 잡아주는 것이 바로 책이라는 것을.

내 인생의 멘토

(윤성숙)

결혼과 동시에 꿈에도 생각하지 않았던 신혼생활을 인도네시아 수도 자카르타에서 시작했다. 결혼하면 서울에서 알콩달콩 사는 신혼생활을 부모님께 보여드리고 싶은 마음이 가득했었다. 하지만 나는 이 아쉬움을 뒤로 하고 자카르타행 비행기를 탔다. 친정엄마도 공항까지 마중 나와 울며 배웅해 주셨다. 부모님, 형제들과 그리움을 남겨두고 작별 인사를 했다. 처음 생활해본 첫 외국생활은 마음 깊이 몰려드는 외로움으로 가득했고, 가족이 보고 싶어지고 친구들과 수다도 떨고 싶었다. 하지만 비싼 국제 전화요금 앞에서 가족과 친구들의 목소리는 마음에 묻어 두어야 했다. 점차 주위에 아는 지인들도 많아지며 조금씩 적응해갔다.

90년대에 첫 아이를 임신했다. 말할 수 없이 기뻤지만 동시에 어떻게 하면 잘 키울까 하는 책임감이 먼저 앞섰다. 태교가 중요하다는 말은 들어서 알고 있었지만, 낯선 이국땅에서 가족의 도움 없이 의지할 수 있는 것은 책밖에 없었다. 태교에 관한 책을 읽으며 좋은 엄마가 되기 위한 준비를 했었다. 아이가 태어나니 자녀 교육에 대해 궁금해졌다. 한국에 휴가 나오면 서점에 가서 책을 사서 읽었다. 좋은 내용을 하나씩 적용해 가며 두 아이를 키우는 데 마음과 시간을 쏟으며 지냈다. 하루 일상 속에서 아이들이 내 곁에 있으면 시간이 즐거웠고, 작은 웃음소리 하나에도 세상을 다 가진 것 같은 행복을 느꼈다. 큰아이가 7살이 될 때까지 좋은 엄마로, 좋은 아내로, 주위 사람들과 잘 어울리며 생활하는 것이 당연한 삶이라 생각하며 살았다.

한국에 휴가 나오면 누리는 즐거움 중의 하나는 서점에 가는 것이었다. 하루는 그곳에서 내 마음을 사로잡는 책을 만났다. <나는 희망의 증거가 되고 싶다>라는 제목이었다. 그 자리에서 두 손으로 책을 들어 첫 장을 펼치는 순간 글자 하나하나가 눈에 들어오기 시작했다. 저자는 가난한 환경 속에서 태어나 힘든 학창 시절을 보냈다. 가발공장, 식당 종업원으로 일하면서도 꿈을 잃지 않고 끊임없이 도전했다. 미국에 혼자 건너가 가정집에서 식모살이까지 하며 지내다가 미 육군에 자원입대해 장교까지 지냈다. 50세가 넘은 나이에 하버드 대학교까지 들어가 공부를 시작한 내용이었다. 역경 가운에 꿈을 향하여 하나하나 극복해 가는 저자의 삶에 대해 읽다 보니 내 마음이 요동치기 시작했다. 그동안 아이들을 어떻게 잘 키울까에 대해서만 생각하며 지내고 있었다. 이것이 삶의 전부라고 여기기도 했었다. 하지만 이 책을 읽으면서 진짜 나의 꿈에 대해 생각하게 되었다. 그리고 나는 자카르타에서 대학을 가고 싶은 꿈을 품고 있음을 알게 되었다. 어쩌면 내가 하고 싶은 것이 무엇인지 이미 알고 있었는지도 모른다. 어느 순간 문득문득 떠오르는 꿈이 있었다. 하지만 도전할 용기가 없었기에 모른 척하고 묻어 두고 있었는지도 모른다. 안주하고 싶은 마음이 가슴 한편에 자리 잡고 있었으리라. 스쳐 지나갈 수도 있었던 꿈을 책을 통해서 다시 만나게 되었다. 가슴속 깊이 묻어 둔 꿈에 빛을 비춰주는 순간이었다.

꿈을 찾았다고 해서 모든 일이 일사천리로 되는 건 아니었다. 막상 꿈에 도전하려 하니, 스스로 합리화한 변명거리에 기대어 다시 안주하고 싶은 마음이 가득 차올랐다. 다른 사람으로부터 확인받고 싶은 마음에 의논하면 뭘 그리 힘들게 사냐는 대답에 마음이 기울기 시작했다. 이럴 때 좋은 멘토가 있었으면 좋았을 것 같다는 생각이 들었다. 나의 발걸음은 어느새 서점을 향해 가고 있었다. 마음을 정리하고 싶을 때, 새로운 결정을 할 때면 늘 찾는 곳이 서점이었다. 책 매대 위에 가지런히 놓여 있는 책 중에서 자서전과 자기 계발에 관련된 책을 골랐다. 집으로 돌아오는 길은 뭔가 해답을 찾을 수 있을 것 같은 기대감으로 가득 차 있었다. 책을 펼쳐 마음에 울림을 주는 한 문장 한 문장에 밑줄을 긋고 형광펜으로 물들여 갔다. 그중에 가장 기억에 남는 한 문장은 '희망은 나를 기다리는 것이 아니라, 내가 만들어가는 것이다. 내 삶이 아무리 작고 초라해 보여도, 나 자신이 희망의 증거가 될 때 세상은 나를 통해 밝아진다.'였다. 마치 멘토가 옆에서 응원의 메시지를 보내는 것 같았다. 이렇게 책에서 만난 저자들의 목소리를 통해 힘을 얻고 자카르타 대학에서 공부를 시작할 수 있는 계기가 되었다.

무사히 졸업했지만, 더 공부하고 싶은 마음이 들었다. 아쉬운 마음이 들어 공부도 더 하고 싶고, 사시사철 여름 날씨에 사는 두 아이에게 겨울에 내리는 눈 구경과 새로운 경험을 해주고 싶었다. 가장 적합한 뉴질랜드로 유학을 가기로 했다. 이 또한 많은 사람이 반대했었다. 남편 혼자 두고 가도 괜찮냐, 혹은 그렇게까지 해야 하겠느냐고 사람들은 말했다. 하지만 두 아이와 트렁크 두 개를 들고 한국 사람들이 거의 없다는 뉴질랜드 수도 웰링턴으로 떠났다. 생각지 않는 일로 나의 유학 생활은 못 하게 되었지만, 아이들에게 많은 경험과 좋은 추억으로 기억되는 1년을 보내고 자카르타로 돌아왔다. 뉴질랜드에서 1년을 살다 보니 더 지내고 싶다는 마음이 몰려오기도 했었다. 특별히 좋았던 점은 걸어서 다닐 만한 큰 도서관이 있었다. 여러 층으로 나뉘어 책과 독서공간이 배치되어 있었고, 넓은 창가 자리에 푹신한 소파와 개인용 책상들이 있었다. 아이들 하교 후 함께 도서관에 가서 책을 보는 일은 두 자녀와 나의 행복한 일과 중 하나였다. 자카르타에서는 걸어서 다닐만한 도서관이 없었기에 더욱 좋았다. 아이들도 뉴질랜드에 더 남아있기를 원했었다. 남편이 있는 자카르타로 돌아갈지 아니면 더 있어야 할지, 어떤 방법이 좋을지 몰라 밤새 뒤적거리며 고민했었다. 중요한 결정을 앞두고 있을 때면, 마치 어둠 속 바다 한가운데 홀로 떠 있는 것처럼 막막함이 몰려오곤 했었다. 어느 쪽으로 선택해야 할지 갈피를 잡지 못할 때마다 자녀교육에 관해 읽었던 책들을 다시 펼쳐보며 마음의 길을 찾아갔다. 그 안에서 얻은 지혜는 단순한 문장이었지만 깊은 울림을 주었다. '진정한 행복은 멀리 있지 않다. 그것은 바로 가족이 함께하는 순간 속에 있다.' 이 문장은 흔들리던 내 마음을 붙잡아 주었고, 중요한 결정을 내려야 할 때 멘토가 되어 주었다. 지금도 아찔한 것은 그곳에 더 머물지 않고 자카르타로 돌아와 가족과 함께 보낸 것이 잘한 일이었다고 생각한다. 내가 만난 책들은 늘 곁에서 삶의 여정에 멘토가 되어 길잡이처럼 방향을 제시해 주었다.

두 아이를 키워 서울로 대학을 보낸 그때쯤 남편이 갑작스럽게 인도네시아 지방 쪽으로 발령이 나게 되었다. 같이 따라가서 살 수 있었던 상황이 아니어서 혼자 자카르타에 남게 되었다. 남편은 그곳에 일하면서 지방에 있는 아이들의 열악한 교육환경에 대해 항상 안타깝게 생각하고 있었다. 여태껏 자기 얼굴이 나온 사진을 받아본 적 없는 아이들에게 남편은 사진을 찍어주며 나눠주기도 했다. 그 아이들이 사진을 받아들며 기뻐하는 모습에 남편은 보람을 느끼는 것 같았다. 이런 남편의 모습을 보며 '남편이 열악한 지역으로 발령이 난 것이 그들에게 선한 영향력을 끼칠 기회가 되지 않을까?' 하는 생각이 들었다. '남편 일이 안정되면 그곳에 함께 가서 아이들에게 꿈을 키워주는 교육을 해볼까? 그곳에 트럭으로 이동도서관을 만들어 동네마다 들르며 책을 읽을 수 있게 해볼까?' 하고 남편과 의논을 주고받았다. 첫 준비 단계로 인도네시아 대학에서 인도네시아어를 1년 동안 공부했다. 공부를 마치고 나니 한국어와 한국문화를 가르쳐 주어 그들에게 더 넓은 세상을 보여주고 싶었다. 그래서 한국사이버대학교 한국어교육학과에 편입하여 한국어 교사 자격증과 다문화사회 전문가 자격증을 취득하였다. 동시에 인도네시아 대학원에서 교육학과 공부도 했다. 이 과정을 다 마칠 때 남편이 자카르타 본사로 다시 발령이 나서 지방에 가지는 못했지만, 그 대신, 자카르타에서 인도네시아 사람들에게 한국어와 한국문화를 가르치기 시작했다. 그리고 부산외대 해외 특임교수로 임명받아 부산외대 학생들 취업에 관련한 프로그램을 함께하기도 했다.

지난 시간을 돌아보면, 나의 꿈은 언제나 책 속에서 시작되었고, 그 꿈을 현실로 만드는 힘 역시 책에서 얻었다. 꿈을 하나씩 이루어갈 때마다, 책 속 저자들은 멘토가 되어 곁에서 함께 했다. 그 만남은 인생의 갈림길에서 길을 잃고 헤맬 때마다 새로운 방향을 제시해 주며 나를 이끌어 갔다.

무서울 땐 책으로 숨었다

(이은정)

"야! 삼겹살!"

남자 짝꿍의 놀림에 딱히 대꾸도 하지 못했다. 한참 외모에 관심이 생길 사춘기 직전, 초등학교 6학년 때의 일이다. 뚱뚱한 것만 문제가 아니었다. 툭 튀어나온 입, 두터운 입술, 밖에서 놀기 좋아하는 천성 탓에 피부는 검었다. 안경마저 쓴 데다 반곱슬이라 삐쳐 나온 잔머리까지. 볼품없는 못난이 인형이었다. 짝꿍은 책상에 절반을 볼펜으로 그었다. 38선이라 불렀다. 38선이 휴전선으로 바뀐 건 내 알 바 아니란 듯 우리의 책상은 전쟁 중이었다. 지우개가 조금이라도 넘어가면 넘어간 만큼만 칼로 툭 베어가는 얄미운 녀석이었다. 칼은 지우개만 베어 간 것은 아니었다. 내 마음에도 상흔을 남겼다.

짝꿍이 무심코 던진 말 한마디. 지금 같아서는 그러거나 말거나 신경 쓰지 않았겠지만, 자존감이 바닥이던 그때의 난 한마디의 말조차 깊은 상처가 되었다. 초등학교를 졸업하면서 중학교 배정을 받던 날, 날벼락 같은 소식을 들었다. 친했던 친구들과 다른 중학교에 가게 된 것이다. 게다가 전교에서 나 포함 단 두 명만 월계 중학교에 배정되다니. 가뜩이나 놀림을 받다 보니 주눅이 들어있는 나였다. 아는 친구가 없는 중학교에 가서 새로운 친구를 사귀어야 한다는 사실이 청천벽력과도 같은 소식이었다. 혹시나 하는 생각은 역시나였다. 삼삼오오 시시덕거리며 놀아야 하는 나이에 난 혼자였다. 먼저 다가갈 줄도 몰랐고, 괜히 또 놀림당할까 두려웠다. 교실에서 덩그러니 혼자 있을 때면 차라리 보는 눈이 없으니 그게 더 낫다고 여겼다. 문제는 이동할 때였다. 음악실, 과학실, 운동장까지 나가는 길이 멀게만 느껴졌다. 팔짱 끼고 재잘대며 앞서 걷는 아이들의 등을 하염없이 바라보다 이내 곧 고개를 숙인다. 제일 걱정되었을 때는 다름 아닌 수련회였다. 밥 먹을 때, 활동할 때, 두 줄로 줄을 서라 할 때마다 긴장했다. 단짝이 있는 친구들이 부럽기만 했다.

열너댓 살의 나는 밤에 눈을 감을 때마다 이대로 내일이 오지 않길 바랐다. 눈을 감으면 내일이 오기에 최대한 늦게 잠이 들었다. 쉬는 시간 10분 동안 잠을 자는 것도 고통 회피의 좋은 방법이었기에 더더욱 늦게 잠을 잤다. 밤잠을 자지 않는 건 수업 시간에도 영향을 주었다. 친구도 없는데 공부까지 못하면 더 안 될 일이었다. 아침이 오는 게 아무리 무서워도 잠을 안 자는 건 좋은 방법이 아니라는 걸 알았다. 다른 방법을 찾았다. 교실에 덩그러니 혼자인 나는 책 속으로 숨었다. 혼자인 쉬는 시간 10분을 견디기 위해 책을 손에 들었다. 친구가 없는 고통을 이기는 유일한 방법이 독서였다.

우연히 읽게 된 <무궁화 꽃이 피었습니다>에 빠져들었다. 우리나라도 핵을 개발하려 했었으나 그 일을 추진하려던 핵물리학자가 의문의 죽임을 당했다. 그의 죽음을 파헤치는 흥미진진한 이야기였다. 뒤가 궁금해 수업 시간에도 빨리 쉬는 시간이 오길 기다렸다. 그토록 싫어했던 쉬는 시간이 조금은 즐거운 시간으로 변하기 시작했다. 책을 읽으러 학교에 간다고 생각하니 두려움이 조금 줄었다. 책장 한 장 한 장을 넘기는 즐거움이 컸다. 책 속으로 쏙 숨어버리면 혼자인 초라함이 잠시 감춰지는 것도 같았다. 책은 어느덧 어두운 내 마음에 한 줄기 빛이 되어주었다. 청소년기 시절 책은 내가 숨을 수 있는 안전한 방공호였다.

어느 날 국어 선생님께서 교과서를 읽으라며 나를 자리에서 일으켰다. 선생님이 읽으라는 곳까지 쭉 읽었다. 제법 분량이 많았다. 다 읽고 자리에 앉았다. 선생님의 칭찬이 이어졌다. 단 한 번도 틀리지 않고 읽었다는 칭찬을 해주시며, 평소에 책을 많이 읽어서 버벅대지 않고 읽을 수 있었다는 말씀도 덧붙이셨다. 평소에 내가 쉬는 시간에 혼자 앉아 책 읽는 걸 지켜보셨던 듯하다. 친구가 없는 초라한 못난이에서 책을 많이 읽는 아이로 내 정체성이 바뀐 날이었다. 책을 읽었을 뿐인데 이렇게 칭찬을 받을 수 있는 일이란 것도 기분이 좋았다.

마흔이 다 되어 첫 아이를 낳았다. 엄마가 처음이니 당연히 육아에 서툴렀다. 애는 밤새 자다 깨다 하며 울고, 덩달아 잠을 못 잔 난 좀비 같았다. 거울 속 나는 뚱뚱한 데다 지저분하기까지 했다. 씻을 틈이 나면 씻기보단 그냥 눕고만 싶었다. 청소년기의 못난이였던 내 모습보다 더 봐주기 어려웠다. 남편은 그런 날 지저분하다며 옆에 오지 못하게 했다. 짝꿍이 나를 배척했던 때보다 더 자존감이 바닥으로 떨어졌다. 청소년기의 어둠만큼이나 짙은 암흑이 나를 덮었다. 다행스럽게도 책 속으로 숨었던 청소년기의 기억이 떠올랐다. 육아 우울증의 끝자락에서 다시 책을 손에 잡았다.

이때 읽은 여러 권의 책 중 한 권 <사랑의 다섯 가지 언어>가 해결의 실마리를 주었다. 남편이 나에게 어떻게 해주면 내 우울이 끝날지, 내가 어떨 때 사랑받는 느낌인지 말해주고 싶어서 남편에게 같이 읽을 것을 제안했다. 하지만 읽으면서 깨달았던 건, 남편이 나에게 원하는 게 무엇인지 듣고 나도 남편에게 맞추는 게 필요했다는 거였다. 아이를 잠시 시댁에 맡기고, 남편과 단둘이 읽은 책에서 깨달은 것들을 이야기하는 시간을 가졌다. 남편과 나, 단둘만의 독서모임이었다. 남편에게 물었다. 내가 무엇을 하면 우리의 관계가 회복될 수 있겠는지. 내가 무슨 요구를 할지 잔뜩 긴장했던 남편은 긴장을 풀고 이야기를 시작했다. 남편은 사소해 보이는 것들까지 말해주었다. 남편이 그동안 자주 요구하는 것들이었다. 그간 남편의 이야기는 나를 무시하거나 싫다는 이야기가 아닌, 그저 자신을 도와달라는 외침이란 걸 그제야 깨달았다. 남편이 요구하는 것들을 받아 적었다. '남편 리스트'라는 이름으로 적은 내용을 휴대폰 메모에 언제든 꺼내 볼 수 있도록 넣어두었다. 지금도 한 번씩 열어본다. 내 평생 친구 남편과 좋은 관계를 유지하는 게 그 누구와의 관계보다 중요하다. 청소년기부터 사귄 오랜 친구가 없는 나에게 온 그는 평생을 함께할 누구보다 소중한 나의 친구다.

학창 시절 친구가 없다는 결핍, 아이를 낳은 후 육아 우울증으로 인한 마음의 결핍. 어려서도 어른이 되어서도 결핍은 강한 부채로 남았다. 결핍을 그대로 내 상처로 남길 것인가, 내 동력으로 삼을 것인가. 나에게 찾아온 결핍을 좋은 방향으로 이끌어가는 것은 친구도, 남편도 아닌 오직 나의 몫이었다. 인정하는 순간 채워갈 수 있고, 채워가는 동안 성장할 수 있었다. 친구가 없던 열네 살의 나, 육아의 우울감 속에 파묻혀 있던 마흔의 내가 결핍을 채우기 위해 선택한 방법은 '책'이었다. 책을 가까이하며 외롭고 자존감 낮았던 소녀에서 나의 가치를 알고 나와 주변을 사랑하는 법을 배운 어른으로 조금씩 자랐다.

삶이 나를 세상 끝으로 몰아가는 순간, 굳이 맞서 싸우며 상처 난 내 마음에 더 진한 생채기를 낼 이유는 없었다. 나의 안전지대를 스스로 만들어내지 않으면 누구도 보호해 주지 않았으리라. 도망치다 더 이상 숨을 곳이 없을 때는 책으로 숨어도 괜찮았다. 책은 묵묵히 나를 있는 그대로 보듬어주고, 품어주었다. 더 이상 피할 곳이 없어 고개만 숙이던 나에게 책은 썩 괜찮은 도피처가 되어주었다. 고개를 숙이기보단 책 안으로 숨어 지내기만 했을 뿐인데 그 시간들이 쌓여 어느새 내 진가를 알아봐 주는 이도 조금씩 생겨났다. 자존감도 함께 회복했다. 나의 가치를 알아주면 되는 거였다. 아니, 내가 알아주면 그뿐이었다. 그때의 나에게도 지금의 나에게도 책은 내 가치를 알아볼 수 있도록 도와주는 고마운 존재였다. 책 안으로 숨어들었던 나에게 책이 속삭여주었던 소리는 나만의 방법을 찾아줄 강력한 힌트가 되었다. 책은 세상으로부터 도망치는 것이 아닌 나의 가치를 내가 결정하고 세상을 향해 당당히 한 발 내딛도록 큰 힘을 주었다.

'나'의 의미를 찾다

(장순미)

강원도 삼척 작은 시골 마을에서 태어나고 자랐다. 시골에는 도서관이 없어서 책을 접할 기회가 없었다. 책을 사볼 형편도 아니었던 터라 독서는 생각을 하지 못했다. 어느 날, 처음으로 친구 집에 초대되어 놀러 간 날, 책장에 전집과 다양한 책들로 가득한 친구 방을 보며 눈이 휘둥그레졌다. 빽빽하게 꽂혀 있는 책을 보며 친구에게 다 봤는지 물었다. 나의 말에 친구는 웃으면서 절반도 못 읽었다고 했다. 궁금했다. 책을 처음 보기도 했거니와 어떤 내용이 들어 있을지 상상조차 할 수 없었기 때문이다. 친구들과 웃고 떠들며 놀면서도 책을 하나 둘 꺼내 읽기 시작했다. 흥미진진한 이야기가 가득한 책에 점점 시선을 빼앗겼다. 마치 내가 주인공이라도 된 것처럼 한번 읽기 시작하니 앉은 자리에서 엉덩이를 떼는 것조차 잊었다. 시간이 없어서 책을 중간까지 읽고 나면 결말이 궁금해서 다음날 친구 집에 또 가곤 하였다. 그렇게 책보는 시간이 좋았다. 책을 상상하는 일들이 좋았다. 내가 주인공이 되어 악당을 물리쳐 보기도 하고, 신나는 모험을 떠나보기도 했다.

내가 경험해 보지 못한 세계를 만나는 것 같아 즐거웠다. 시골이라는 작은 동네에서 내가 갈 수 있는 곳, 할 수 있는 것들이 많이 없다 보니 늘 비슷한 것만 상상했지만 매일 꿈꾸는 삶은 재미있었다. 종이에 끄적끄적 글도 쓰기도 했다. 낙서 수준이지만 글을 쓰면서 내 생각이 오롯이 들어가니 재미있었다. 조금은 형편없었지만 계속 글을 쓰다 보니 글짓기 실력도 좋아졌다. 꾸준히 하다 보니 학교에서 하는 글짓기 대회에서 상을 많이 탔다.

어른이 되어 빠듯하게 살다 보니 독서와 점점 거리가 멀어졌다. 오히려 사치라고 생각했다. 책도 먹고 살 만해야 읽는 거라며 아예 마음도 내려놓으니 아쉬운 것도 없었다. 가족이라는 구성원의 울타리 안에 사는 자체만으로 안도하며 살고 있었다. 아이들의 엄마, 한 남자의 아내로 살아가는 모습에 회의를 느낀 적도 없었다. 잔잔한 마음이 일렁이기 시작한 것은 다름 아닌 코로나였다. 아이들과 함께 있는 시간이 길어지면서 나만의 시간이 전혀 허락되지 않게 되자 답답하고 지루했다. 한 번도 그런 생각할 겨를없이 정신없이 살아왔건만 나는 도대체 뭔가 싶었다. 좋아하는 것이라도 좀 해야겠다 싶어 찾아보니 캘리그라피가 눈에 띄었다. 예전부터 배우고 싶었는데 뒤로 미뤄두었던 나의 작은 꿈이었다. 곧바로 배우기 시작하니 세상이 이토록 포근한 적이 있던가 싶었다. 온전히 나에게 집중할 수 있었던 시간이 되었다. 나, 그리고 삶에 대한 의미를 찾던 나에게 작은 보상이 되어 주었던 순간이 동력이 되어 전문 강사까지 질주해 버렸다. 강사가 되면서 나는 프리랜서가 되었다. 자유롭게 일을 한다고 다들 부러워하지만, 돈을 벌어야 했기에 나는 어디서부터 어떻게 해야 할지 몰랐다. 나이가 너무 많다는 생각에 자신감은 점점 없어지기 시작했다.

어느 날, 유튜브에서 나이가 50대인 어떤 작가의 성공 신화를 보게 되었다. 컴퓨터는 자판만 칠 줄 알며, 경제 관념에 대해 전혀 몰랐던 사람이 독서를 통해 성공하게 된 스토리는 나의 가슴을 뛰게 했다. 50대도 성공했는데 40대인 나도 희망이 있다는 생각이 들었다. 무작정 도서관에 갔다. 도서관에 도착해서 책을 꺼내어 보는데 황홀한 기분은 말로 표현할 수가 없었다. 그 자리에서 1시간이 넘도록 책을 읽었다. 어떤 것부터 읽을지 몰라 무작정 손이 닿는 대로 읽었다. 책을 읽으면서 어릴 적 친구 집에서 친구의 책을 모조리 다 읽은 그때가 생각이 났다. 책이 재미있고, 상상의 세계를 만났던 어릴 적 시절이 생각이 났다. 그 뒤로 도서관으로 자주 갔다. 갈 때마다 최대한 빌릴 수 있는 책은 모조리 다 빌렸다. 어떨 때는 대여의 수가 초과해서 선택한 책을 모두 빌리지 못할 때도 있었다. 이럴 때는 아쉬움이 몰려왔다. 아이들은 이 많은 책을 언제 다 읽냐며 이야기하기도 했다. 시간이 나는 대로 틈틈이 책을 읽기 시작했다. 좋아하던 드라마를 멀리하고 독서를 하기 시작했다. 드라마를 시청하는 것보다 책을 읽는 게 더 재미있었다. 여유 있는 시간이 많지 않다 보니 틈만 나면 책을 읽었다. 출퇴근 시간에는 책을 넣고 다니면서 독서를 했다. 가방은 무거웠지만, 행복함은 넘쳐났다. 이전에는 출퇴근 시간이면 항상 핸드폰을 했지만, 이제는 책을 펼친다. 지하철 안에는 대화나 통화, 심지어 지하철 달리는 소리가 한데 어우러져 적당한 소음이 되어 준다. 이 공간에서 나는 책을 읽으며 책장을 넘기는 소리를 남긴다. 책장을 넘기는 소리는 오롯이 나에게로 다시 온다. 또 다시 글자를 따라 책장을 넘긴다. 책장 소리는 나에게 집중되는 소리가 된다. 계속 책을 읽다보면 나는 작가랑 같이 출근하는 느낌이 든다. 작가의 이야기를 들으며 미소짓기도 하고, 무슨 내용이지 다시 보기도 하면서 출근길은 전혀 지루하지 않다.

독서를 하면서 느낀 점들을 블로그에 포스팅을 하면서 나의 흔적을 남긴다. 처음에는 독서리뷰를 쓰는 방법을 몰라 꼬박 2시간 동안 쓰기도 했다. 시간이 오래 걸리다 보니 독서 리뷰 쓰는 횟수가 줄어들다가 중단되기도 했다. 독서를 하면서 나의 의미를 찾은 뜻깊은 시간이 있었기에 다시 써야겠다는 생각이 계속 들었다. 그래서 짧게라도 써보자는 마음으로 책리뷰는 꼭 쓰고 있다. 책에서 깨달은 것이나 나의 감정들을 적으면서 한 권의 독서 리뷰를 끝내면 뿌듯함이 몰려온다. 내가 읽은 책들이 점점 쌓여 가는 것을 보면 그만큼 성장하고 있다는 생각에 미소가 지어진다. 독서를 통해 공감이나 마음에 와닿는 문장을 캘리그라피로 써 본다. 캘리그라피로 쓴 문장은 글자의 아름다움을 표현함과 동시에 따뜻한 감성의 글자로 표현이 되면 문장은 깊이가 더해진다. 시각적 효과도 있어서 다른 사람들로 하여금 책의 내용을 궁금하게 만들기도 한다. 책에서 뽑은 문장들을 통해 문장이 주는 의미와 깊이를 나의 기억에 남도록 흔적을 남긴다.

우연히 찾은 친구의 집에서 독서의 재미를 느꼈다. 어른이 되면서 살기 바쁘다는 이유로 멀리했던 독서는 애타게 찾던 내 삶의 의미를 다시금 일깨워 주었다. 나에 대해 생각의 화살표를 돌리자 내가 잘 할 수 있는 것이 무엇인지 찾기 시작했다. 그동안 먹고 살기 위해, 때로는 아이들의 엄마이자, 한 남자의 아내로 가족의 울타리 안에서 안주하며 살았다면 이제는 나의 꿈을 꾸게 된 것이다. 책을 읽다 보면 시끄러운 지하철 안 소리조차 적당한 소음으로 들릴 만큼 나를 집중하게 해준 독서는 이제 1인 사업이라는 새로운 꿈을 찾게 해주었다. 잘 할 수 있을지 걱정되지 않는 것은 아니다. 하지만 이젠 안다. 내가 좋아하는 일을 찾게 해준 독서처럼 가는 길에서 어려움을 겪게 되면 해답도 찾을 수 있을 것이다. 독서는 꿈을 꾸게 해주었으며 새로운 세상을 열 수 있는 열쇠가 되어 주었다. 나의 의미를 선물해 준 책이 한없이 어여쁘기만 하다.

내 인생의 전환점

(최서윤)

활발한 아이였지만 감수성이 풍부하고 사소한 일에도 상처를 잘 받던 감정이 여린 아이였다. 어릴 때는 엄마가 곁에 없으면 불안해하는 말 그대로 엄마 껌딱지였다. 이런 나를 아빠는 걱정이라고 하셨고 이 험한 세상을 살아가기에 너무 여리다고 하셨다. 학창 시절에는 내가 좋아하고 마음이 맞는 친구들하고만 어울렸다. 지금 생각해 보면 사회생활 참 못하는 아이였다. 감정에 있는 그대로가 얼굴에 드러나는 아이였으니 말이다. 초등학교 아빠는 왜 큰 병원에 있어야 했는지 몰랐다. 나중에 알았다. 아버지가 암 수술을 받고 오셨다는 사실을 말이다. 그렇게 완치되는 줄 알았던 아버지는 내가 성년이 되기도 전에 우리 곁을 떠나셨다. 아빠 없는 빈자리를 엄마 혼자서 채우시느라 엄마는 밤늦게까지 일을 하셨다. 엄마를 도와드리고 싶은 마음에 빨리 어른이 되고 싶었다. 어려운 일이 생기면 혼자서 해결했다. 누구도 나에게 방법을 알려주거나 조언해 주지 않았다. 막내로 자란 나는 엄마의 사랑을 듬뿍 받으며 컸지만, 아버지의 빈자리는 내 마음에 항상 그리움으로 남아 있었다. 활발했지만 감수성이 풍부했던 터라 여리고 사소한 일에도 상처를 잘 받던 아이는 그렇게 미성숙한 채 어른이 되었다.

수능이 끝나고 처음 아르바이트한 돈으로 엄마께 목걸이를 선물해 드렸다. 뿌듯했다. 대학교 졸업 후 부터는 내 앞가림은 내가 했다. 성인이 되어 어느 정도 사회를 경험하고 세상은 녹록지 않다는 걸 느꼈다. 이제는 남들에게 내 속마음을 다 내비치지 않는 사람이 되었고 사회생활 잘하는 법도 알게 되었다. 나름 열심히 살았다고 생각했는데 생각하지 못했던 일들은 내 인생에도 혼란을 가져왔다. 가장 친했던 친구이자 지인에게 뒤통수를 맞은 서른 후반. 몇 년을 어렵게 모은 돈을 한 방에 날렸다. 오랫동안 알고 지내면서 가족보다 더 서로에 대해 잘 안다고 생각했다. 돈도 돈이었지만 인간관계에 회의가 밀려왔고 전처럼 사람을 믿을 수가 없게 되고 나를 보호한다는 명분으로 자기 방어하는 성향들이 쌓여 갔다. 혹시 또 상처받지 않을까 먼저 선을 긋고 벽을 쳤다. 나는 그렇게 과거에 갇혀 있었다. 지난 시간에 대한 후회와 미련과도 같은 거였다. 그때 내가 다시 돌아간다면 그런 선택을 하지 않을 텐데, 그때로 돌아간다면 더 열심히 해볼걸 하는 후회가 내 인생에 크게 자리 잡기 시작했다. 내 뜻대로 풀리지 않는 일들에 나도 모르게 위축되어만 갔다.

코로나가 터지고 하던 일에 영향을 미치던 날. 문뜩 이런 생각이 들었다. 이렇게 일만 하며 사는 게 부질없다. 마음속에 공허감이 찾아들 무렵, 나는 남편을 만나 열심히 하던 일에서 손을 떼고 전업주부가 되었다. 아이를 보는 것은 기쁨이었지만 집에만 있는 건 쉽지 않았다. 항상 밖에서 활동적으로 열심히 달려왔던 사람이 집에만 있는 것은 따분하기 그지없었다. 하루 종일 아이와 무엇을 하면 좋을지 눈 뜨면서 눈을 감을 때까지 고민의 연속이었다. 오매불망 남편이 퇴근해서 집에 오기만을 기다리는 삶도 점차 지쳐갔다. 결혼 전 일상과는 조금씩 더 멀어져갔고 나는 그렇게 아줌마가 되어 있었다. 아기는 너무나 예뻤다. 우리 딸은 정말 순하고 천사 같은 아이였다. 아이가 그저 예뻐 지루한 시간은 버틸 수 있었겠으나 체력이 받쳐주지 못했다. 나는 출산할 때 응급 제왕절개로 아이를 낳고 자궁무력증이 와서 출혈을 잡느라 대학병원에 이송되었다. 그때의 기억이 어렴풋이 난다. 119를 타고 이송되던 순간, 정신을 잃어가는 나를 의사와 응급구조대원이 얼굴을 치면서 눈을 감지 말라고 했다. 수혈조차 쉽지 않아 목의 경동맥으로 수혈은 받고 자궁동맥 색전술로 출혈을 잡았다. 지금 생각하면 천운이었다. 고열은 밤새 지속되었다. 태어나서 제일 아팠던 것 같다. 옆에서는 남편의 우는 소리가 들리는데 그게 너무 아파서 꿈인지 현실인지도 모르는 그날의 밤을 보낸 후 나는 생사의 고비를 넘었다. 고열이 지속되어 항생제 치료를 계속 받았고 한 달 만에 또 재입원을 하는 일도 있었다. 조리원에서 퇴소한 후 집으로 돌아와서 아기를 보는데 체력이 너무 안 좋았다. 빈혈 증세에 기력은 없고 체력이 되지 않아 주저앉기 일쑤였다. 그러면서 점점 무기력해져만 갔다. 엄마 말씀대로 처음부터 날 잡아 수술했으면 이런 일이 없었을 텐데라는 원망의 말들을 남편에게 하기도 했다. 이런 나날들을 보내면서 나는 우울해지고 하루하루 그냥 기계적으로 눈을 뜨고, 아기를 보며 그렇게 백일을 보낸 것 같다.

엎친 데 덮친 격으로 청천벽력과도 같은 일이 일어났다. 안면마비라는 병이 찾아온 것이다. 대학병원에 입원하고 재활치료 하며 2년 넘게 나 자신과의 싸움의 시간을 보냈다. 몇 년 동안 병원을 오가던 터라 많이 지치고 몸의 체력은 예전 같지 않았다. 고되기만 했던 이 시절, 남편과 안 좋은 일이 터지면서 나는 그저 내가 세상에도 없을 피해자인 양 나만 안쓰럽고 짠했다. 사랑했던 남편은 원망의 대상이 되어버렸고 기분은 계속 오르락내리락하고 이성보다는 감정적인 사람으로 변해갔다. 주위를 돌아볼 여유도 생기지 않았고 비참하게 실려 가던 출산 과정의 트라우마로 낯선 사람을 만나는 것도 꺼려졌다. 그때 생긴 상실감과 무력감, 그리고 우울감은 주위에 날카로운 화살로 쏘아댔고, 감정 기복이 심했다. 주위를 돌아볼 여유조차 없었던 그때의 나는 날이 잔뜩 선 낯선 이가 되어버렸다.

이렇게 살아갈 수만은 없단 것을 사실 내가 제일 잘 안다. 달라지고 싶었고 달라져야만 했다. 어떻게 해야 이 상황을 벗어날 수 있는지 알려주는 이 하나 없이 그저 하늘을 향해 원망의 목소리만 높였다. 내 삶의 방향성을 다시 잡고 살고 싶었다. 딸에게 행복한 모습을 보여주는 엄마가 되고 싶었고, 가족들에게 우울함만 주는 이가 될 수는 없는 노릇이었다. 이대로 주저앉아 있을 수만은 없었다. 과거의 일에 매몰되기보다 앞으로 무엇을 해야 할지 찾는 것이 급선무였다. 그러다 문득 널브러진 책 한 권이 손에 잡혔고 무턱대고 읽기 시작했다. 어찌 보면 간절했으리라. 마음에 들지 않는 현실 속에서 누구보다 절실하게 전환점이 필요했고 내가 변해야만 했다. 한 줄기 희망, 독서는 그 한 줄기의 빛을 붙잡은 나의 동아줄과도 같았다.

살아가면서 삶의 전환점은 반드시 좋은 쪽으로만 오진 않는다. 어려서부터 성인이 될 때까지 삶의 순간순간마다 어찌 사람에게 이런 일이 있을 수 있을까 싶은 삶의 굴곡들이 찾아왔다. 때론 싫은 일도 해야 하고 부조리한 일들도 참아내야 했건만 위기와 현실자각 시간 속에서 나는 내 삶의 중심을 바로 잡을 힘은 없었다. 좋고 싫은 것이 얼굴에 그대로 드러나던 사람, 어찌 보면 순수하고 어찌 보면 사회생활에 미숙했던 지난 시절. 내 감정에 치우쳐서 자기 자신조차 컨트롤하지 못했던 나는 삶의 고비마다 그저 한없이 바닥을 쳤다. 타인과 환경을 원망하기에 바빴다. 그랬던 내가 잡은 독서. 책에서만큼은 나도 내 삶을 바로 세울 수 있었고, 그렇게 하나둘씩 배워나간 삶의 방향 속에 나 자신을 충분히 통제할 수 있었다. 그동안의 굴곡진 시간 속에 감내하고 버텨왔던 나는 그리 바닥만은 아니었다. 그때의 나를 보듬어주기 시작하니 내가 나를 보호할 수 있었던 최선의 선택이었던 터다. 그 자체도 인정하지 않는다면 과거의 회한 속에 머물러 있는 나의 내면 아이를 잘 떠나보내 줄 수 없었을 것이다.

인생의 전환점에서 만난 독서는 과거의 내 상처와 기억마저도 재해석하게 해주었다. 나를 방어하는 것만이 나를 위한 최선이라 생각했던 나는 이제 책을 통해 어떻게 살아야 나를 위해서도, 그리고 사랑하는 가족을 위해서도 잘 살아가는 것인지 깨우쳐주었다. 서른을 넘어 마흔까지 살아온 10년이란 시간 속에 그저 나만 힘들었다고 생각했으나 나를 아껴주고 사랑하는 이들에게 나 역시 큰 상처를 주었다. 이제는 달라질 테다. 책에서 삶의 방향을 바꾸는 법을 알았고, 하나둘씩 나의 삶도 재정비해 나가고 있으니 말이다. 내 인생의 전환점에서 독서는 나에게 준 선물이다. 앞으로의 삶은 더 행복하게 살겠다는 희망을 안겨주었고, 나는 그렇게 또 한걸음 세상을 향해 내딛는다.

제2장.

독서로 빛나는 나의 삶, 나의 인생

내 삶의 변화를 이끄는 힘

(황유진)

스무 살, 처음으로 시간을 마음껏 써도 되던 시기가 되었을 때 갑자기 주어진 자유를 어떻게 누려야 하는지 몰랐다. 정해진 시간표대로 살고, 주어진 과제를 하면 되는 학생 시절에 익숙했기 때문이다. 스스로 꿈을 찾는 것도, 내 안의 흥미와 관심을 발견해내는 일도 어려웠다. 어디서부터 어떻게 시작해야 하는지 알 수가 없었다. 그때는 인생의 의미를 알고 싶었다. 어떤 삶을 살아가야 하는지 누군가 나의 삶에 대한 설명서를 적어주었으면 좋겠다고 생각했다. 하지만 세상에 그런 것은 존재하지 않기에 꿈에 대해, 목표에 대해 독서를 시작했다. 아무리 읽어도 결론은 나지 않았다. 왜냐하면, 그 책들이 꿈을, 목표를 알려주지 않았기 때문이다. 이 세상 어떤 책이 독자의 인생을 지시할 수 있겠는가.

꿈과 목표를 찾아 헤매다가 시간 관리를 알게 되었다. 계획을 세우고 하루를 짜임새 있게 살아가는 게 매력적이었다. 플래너 작성법에 대한 강의도 찾아 들었다. 배운 대로 측정 가능한 목표를 세우고, 그 목표를 달성하기 위해 기록하고, 그대로 실행했다. 덕분에 할 수 있는 것들을 하나씩 실천했다. 지금 생각해보면 큰 목표를 정하지 못한 상태에서 그저 닥치는 대로 툭툭 건드려본 것들뿐이었다. 그러다 보니 '중요하지만 급하지 않은 일'에 대해 정의 내릴 수 없었고, 모두 '급한 일'로만 채워졌다. 주어진 시간의 소중함을 알고 계획한다고 생각했지만, 급한 일만 하면서 지낸 것이다. 치열하게 살았는데 이상하게 남은 게 없었다. 그래서 더더욱 무언가 도전할 수 있는 것을 찾았다. 하루를, 일주일을, 한 달을 돌아보지 못한 채 해야 할 일의 목록에 치여 살다 보니 나를 들여다보지 못했다. 목적 없는 도전들은 삶의 의미까지 연결되지 못했고, 바쁘게 돌아가는 일상에서 책과 멀어졌다.

결혼 준비를 하며 대학원을 갔고, 임신하고 출산하면서도 휴학을 하지 않았다. 종강까지 잘 버텨준 아이는 종강일 다음 날 아침에 태어났다. 개강 후에는 백일도 안 된 아기를 유모차에 태우고, 아기 띠를 하고 학교에 갔다. 하지만 마지막 논문을 앞두고 공부를 내려놓게 되면서, 엄마로만 살았다. 아침에 눈 뜨고, 밤에 잠들 때까지, 아니 잠든 다음에도 수시로 깨는 아이에 맞춰 눈을 뜨면서 24시간 엄마로만 존재했다. 아이가 18개월이 될 즈음 어린이집을 가게 되면서 시간이 생기자 새삼 깨닫게 된 것은 내 시간이 하나도 없다는 점이었다. 연례 행사로 다이어리를 샀지만 펼쳐볼 시간도 없어 나중엔 사지 않았고, 기록할 시간이 없다 보니 계획과 목표도 없이 아이에게만 맞춰서 하루를 살아가고 있었다.

아이의 일상을 기록하느라 인스타를 매일 하다 보니 SNS로 돈을 벌었다는 사람들이 많았다. 그들처럼 돈을 벌고 싶었다. 할 수 있는 일을 찾다가 엉뚱한 부업에 시간과 돈을 허비하기도 했다. 차라리 아무것도 하지 않는 게 낫겠다 싶은 몇 번의 실패를 경험하고 나서야 책을 찾았다. 쓸데없는 짓을 하느니 차라리 공부해서 재테크를 하자는 생각으로 경제독서를 했다. 다시 책을 읽으려니, 시간을 쪼개서 써야 했다. 아이들이 쉬지 않고 나를 찾았기 때문이다. 시간을 관리해야 할 필요성을 느끼고 책을 읽었다. 시간 관리의 시작은 목표설정이 우선이라는 것을 깨닫고 부지런히 책을 읽으며 어떻게 삶을 변화시킬 수 있을지 고민했다.

변화를 위한 독서를 하자고 결심하자, 그전에 안 보이던 것들이 보였다. 그건 바로 '실행'이었다. 그동안 했던 실행은 남들이 하는 것을 따라가기만 하는 것이었다. 쿠팡파트너스가 유행이라 강의를 듣고 제공된 키워드로 블로그 글을 썼다. 블로그를 키우고 싶어 강의를 듣고 조회 수를 올려주는 키워드 리스트를 받아 글을 썼다. 받은 목록에 있는 단어를 가지고 글을 다 쓰고 나니, 다음은 뭘 해야 할지 알 수 없었다. 강의를 듣고, 부록으로 받은 키워드로 글을 쓰는 것은 딱 거기까지만 갈 수 있었다. 그것만으로는 충분하지 않았다. 삶을 변화시키는 실행은 그저 남들이 뭐 하는지

보고 따라가는 게 아니라 따라가야 할 대상을 정하는 것부터 시작이라는 것을 알았다. 따라가고 싶은 사람을 찾는 것은 결국 멘토를 정하는 일이다. 멘토는 목표와 꿈에 대한 스케치 없이 선택할 수 없었다. 성공한 사람은 너무 많고, 그들은 모두 다른 길을 걸었기 때문이다.

돌고 돌아 잡은 것은 다시 책이었다. 여전히 목표는 명확하지 않다. 다만 그 방향에 대해서 계속 고민하고 있다. 남들이 무엇을 하는지보다 내가 좋아하는 것, 잘 할 수 있는 것에 대해 관심을 더 기울이고 있다. 이 모든 것은 책에서 배웠다. 시간관리 책을 보면 무엇을 위해 시간을 관리하는지 목표를 분명히 하라는 것에 저자가 상당 부분 할애하고 있었다. 재테크와 부자가 되는 방법에 대한 책에는 왜 돈을 모으고 싶고 부자가 되고 싶은지를 정의해야 한다고 했다. 독서법에 관한 책을 읽어도, 육아서를 읽어도 그 모든 책들은 묻고 있었다. 어떤 사람이 되고 싶으냐고. 어떤 엄마가 되고 싶으냐고.

책은 답을 정해주지 않는다. 책의 결론은 항상 열려있다. 선택은 언제나 독자의 몫이다. 나는 그게 늘 어려웠다. 차라리 방향을 정확히 알려주었으면 하는 생각이 간절했다. 그 생각은 삶을 주체적으로 살겠다는 결심을 하지 못한 것이라는 걸 이제는 안다. 책임지기로 결정한 것에 대해서만 권리를 가진다고 했다. 삶에 대한 권리를 주장하고 싶다면 삶의 문제에 대해 자신이 결정하고 책임져야만 하는 거라고 책은 단호하게 이야기했다. 같은 책을 읽어도 주는 깨달음이나 감동, 실행의 방법과 정도가 다른 것은 독자의 결심이 어디에 있느냐에 따라서이다. 책을 다시 읽었을 때 다른 결심을 하게 되는 것은 책을 읽는 내가 달라졌기 때문이다.

부지런히 책을 읽으며 알게 된 한 가지는, 독서는 크든 작든 변화를 이끈다는 것이다. 생각을 크게 뒤흔들기도 하고, 소소한 깨달음을 주기도 한다. 분명한 결심을 하게 만들기도 하고, 무너지는 의지를 붙들어주기도 한다. 백 번 다짐하고 다시 실패해도 책은 비난하지 않는다. 그저 다시 시도하라고, 이번엔 다를 수 있다고 손을 내민다. 읽을 때마다 새롭게 다짐하고, 그걸 시도한다. 실패하더라도 그 과정을 반복하면서 변화하고 있었다는 걸 알았기 때문이다. 그 과정을 겪으며 희미하기만 했던 꿈과 목표가 조금씩 정돈되는 중이다. 누구나 그런 변화의 순간을 경험할 수 있다고 믿는다. 각 사람에게 변화를 이끌어주는 책이 다르고, 경험하는 시기가 다를 뿐이다. 적극적으로 그 순간을 찾아 나선다면 그 시기는 더욱 앞당겨질 것이다.

나를 안아주는 시간

(서정아)

문득 그동안 읽은 책들이 궁금해졌다. 책 구매목록을 하나하나 살펴보았다. 몇 권이나 읽었는지, 어떤 책들을 봤는지 확인하고 싶었다. 20여 년 동안 읽어 온 수백 권의 책 목록을 정리하며, 내 인생의 변화와 성장 등 지나온 시간을 마주할 수 있었다. 대학 시절엔 전공 분야의 책을 주로 읽었다. 직장에 입사한 후엔 마케팅 관련 서적에 집중했다. 전공과는 다른 분야에서 일을 시작했기 때문에, 맡은 일을 잘 해내고 싶어 다양한 마케팅 책들을 섭렵했다. 직무에 대한 지식을 쌓고 실제 업무에 적용할 수 있는 전략을 배우기 위해 끊임없이 책을 찾아 읽었다. 책은 일로 인정받기 위해서는 필수적인 도구처럼 느껴졌다. 신앙에 대한 고민이 생겼을 때는 신학, 철학 분야 서적을 탐독하며 신앙의 방향을 찾아갔다. 다양한 저자들의 책을 비교해가며 읽으며, 그 안에서 균형을 잡고자 했다. 출산 후에는 육아와 관련된 책을 손에 들었다. 아이가 자라며 함께 읽어 온 책들, 마흔 즈음에 삶에 변화를 주고 싶어 선택했던 책들을 보고 있자면 그간 살아온 길이 이랬구나 싶다. 이루고 싶었던 모습이 떠올라 새롭기도 하고 지나온 시간이 아쉽게도 느껴졌다. 어떤 분야와 주제에 관심을 가지고 살아왔는지, 그 관심들이 어떻게 삶의 방향을 만들어 왔는지를 선명하게 알 수 있었다.

인생에서 책은 한 번도 빼놓을 수 없는 존재였다. 어느 순간부터 책을 통해 내 삶의 빛을 찾고 있었다. 살면서 종종 이도 저도 아닌 것 같은 기분에 빠질 때, 책을 읽다 보면 어느새 에너지가 다시 차올랐다. 몇 년 전, 번아웃을 겪었다. 숨쉬기 어려운 증상이 나타나고 나서야 알아차렸다. 증상이 나타난 후에도 뭘 얼마나 했다고 지치냐며 자책부터 했다. 모든 것에서 도망치고 싶은 기분이었지만, 새로운 직장으로 옮긴 지 얼마 되지 않았을 때라 버틸 수밖에 없다고 생각했다. 이십 년 가까이 일에 대한 욕심 하나로 치열하게 살아왔는데, 열심히 산다는 그 자체에만 너무 몰두한 것은 아니었을까. 비영리 조직에서 일하며 예산과 인력은 늘 부족하고, 요구되는 이상적인 결과에 지쳐왔다. 불분명한 책임과 권한, 비영리에 대한 환상과 오해를 수시로 마주했다. 명분이나 소명 의식을 가져다 붙여도 버티기 어려운 순간이 있었다. 착한 일, 남을 돕는 일은 겉으로는 그럴싸하게 보였지만, 그 안에서 나를 잃어버리기는 쉬웠다. 타인의 고통에는 쉽게 마음을 열면서, 내게는 그렇지 않았다. 타인을 돕지만 나는 괴로운 상태. 복잡한 기분이었다. 그간 쌓아온 노력과 시간, 방향에 의문이 생기자 다른 일상도 흔들리기 시작했다. 쓸 힘이 남아있지 않은데, 직장이나 집에서 해야 할 일은 여전히 많았다. 시간마저 부족하니 이유 모를 짜증과 불만이 쌓였다. 나를 둘러싼 어두운 면을 이해하는 일은 훨씬 더 어렵고 복잡했다. 주위에서는 쉬어가라고 했지만, 무엇 하나 엄두가 나지 않았다. 그저 하루가 암담했다. 가라앉는 의욕을 억지로 끌어올리려고 온갖 노력을 기울여보았지만 허사였다. 이렇게 무기력한 나는 처음이었다. 내가 몰랐던 나의 모습이 당황스러웠다.

번아웃을 이겨내기 위해, 한 문장이 채 읽히지 않아도 자리에 앉아 책을 열었다. 책을 펴는 일에 꽤 노력이 필요했다. 책마저 포기하지 말고 더 달려야 한다고 말할 것 같아 오히려 피하고 싶었다. 하지만 독서는 복잡한 생각을 멈추고 나를 환기하는 유일한 방법이었다. 잠시라도 노력을 멈추면 안 될 것 같고, 끊임없이 노력해야 쓸모있는 삶인 것처럼 여겼던 시간을 뒤로하고 왜 열심히 사는지, 살고자 했던 목적이 무엇인지 다시 고민했다. 그리고 나를 잘 돌보는 것이 먼저라는 걸 깨달았다. 엄마로서의 나, 아내로서의 나, 리더로서의 나. 이 모든 역할은 '나'를 통해 이뤄지는 것이다. 그간 나 자신을 뒤로 미루며 살아왔구나. 일이나 엄마, 아내라는 역할들이 항상 우선이었다. 내 삶을 주도하지 못하고 타인의 기대와 요구 속에 살아왔던 시간 속에 가장 큰 적은 나였는지도 모른다. 나를 살리는 것도, 때로는 죽이는 것도 나 자신이기 때문이다. 그래서 깨달았다. 나를 돌보는 것이 열쇠라는 것을. 나를 잘 돌보지 않으면 아무리 좋은 사람이 되고 싶어도 결국 지치고 무너질 수밖에 없다는 사실을 말이다.

매일 아침, 독서로 하루를 시작한다. 아침 독서는 단순한 습관이 아니라 하루를 위한 의식처럼 자리 잡았다. 책을 읽고 나면 마음이 차분해지고, 그날을 준비하는 마음가짐도 달라진다. 어떤 날은 초라하고, 주눅이 드는 하루도 있다. 이런 날은 독서로 하루를 마무리하며 좀 더 나아진 기분을 느낀다. 생각을 바꿔볼 엄두가 나지 않던 일도 책을 보다 보면 정리가 되곤 한다. 또 함께 책을 읽을 때도 그렇다. 서로 다른 삶을 살아온 사람들이 한 권의 책을 통해 연결되고, 각자에게 새로운 통찰을 준다. 에너지가 마치 불꽃처럼 튀어 오르는 순간, 그 안에서 미처 알아차리지 못했던 생각과 감정이 떠오른다. 이야기를 주고받으면서 머릿속에 있던 생각들이 자연스럽게 입 밖으로 나올 때, 신기하다. 속마음을 드러내는 일은 때로 두려운 일이지만, 나를 이해하는 첫걸음이 된다. 아무리 복잡하고 혼란스러운 마음이라도, 책에 비추어 기분이나 감정을 명확하게 들여다볼 수 있다. 읽고 쓰는 것은 나 자신을 돌아보게 하며, 진정으로 원하는 삶을 찾을 수 있는 가장 확실한 방법이 된다.

힘든 일상 속에서 책은 복잡한 생각을 잠시 내려놓고 나를 되돌아보게 했다. 무엇을 위해 살고자 했는지, 자신을 지키는 방법이 무엇인지 책을 통해 알아가게 되었다. 하루하루 쌓이는 짜증과 무기력 속에서 다시금 의욕을 찾기 위해 책을 집어 들었다. 독서는 단순히 지식을 쌓는 일이 아니라, 내 안에 있는 고민과 생각들을 풀어내는 통로였다. 아프고 나서야 자신을 잘 돌보는 일이 중요하다는 것을 깨달았다. 나를 위해 시간을 내고, 그 시간을 온전히 누리는 방법. 독서로 삶의 중심에 나를 바로 세울 수 있었다. 책 속에서 얻는 통찰은 삶의 복잡한 문제 속에서도 방향을 잃지 않도록 도와준다. 독서로 매일 아침을 채우고, 책 속에 담긴 이야기를 통해 내면의 빛을 발견해가는 과정은 나를 살리는 힘이 된다. 독서는 나를 안아주는 시간이자, 삶을 더 빛나게 하는 나만의 방법이다.

작은 것을 나누기 위해 독서모임 리더가 되었다

(강소이)

지난 24년 6월부터 오프라인 육아맘 독서모임을 운영하는 리더가 되었다. 아이가 어린이집에 다니기 시작한 작년 하반기부터 온라인으로 여러 종류의 챌린지에 참여했다. 처음으로 독서모임에 가입하고 멤버로 활동했다. 경제 신문 읽기부터 '추피의 생활 동화 영문판'을 공부하는 엄마들의 모임까지 분야도 다양하다. 호기심 생기는 대로, 마음 가는 대로 골라서 짧으면 3주, 길면 6개월 정도 활동했다. 해보지 않았던 것을 시도한다는 건 재미있었지만 수동적으로 참여하게 되니 집중력이 흐려지는 것을 느꼈다. 가까운 거리의 오프라인 독서모임을 찾아봤다. 직장인들이 모이는 저녁에는 아이가 함께 있는 시간이라 참여가 어려웠다. 평일 오전에는 운영 중인 모임 수가 적었고, 있어도 내 관심 분야가 아닌 책을 읽어야 했다. 어쩔 수 없다. 내가 만들어야지. 내 입맛대로 책을 고르고 내 시간에 맞춰서 사람들을 모으기로 했다. 다행히 사는 곳이 대단지 아파트여서 장소를 어렵지 않게 정할 수 있었다. 아파트 커뮤니티 게시판에 독서모임에 대한 간략한 정보를 남기고 모집 글을 올렸다. 빠르게 연락이 왔고 소수의 인원으로 마감했다.

모임 초기부터 많은 사람을 관리하려니 신경 쓸 것이 많아서 5명만 모았다. 매주 화요일 오전 11시. 독서모임의 색깔을 정하고 시작했다. 독서모임+감사일기 적기. 육아맘들과 함께 자유 도서로 독서모임을 시작했고 현재는 정부지원금을 받으며 운영하고 있다. 지원금을 받게 되면서 독서모임의 방법을 조금 더 구체화했다. 지정도서를 정하고 생각을 표현하는 연습을 하기 위해 필사도 시작했다. 육아맘들의 성장을 위해 내가 할 수 있는 것을 찾아서 시도해보고 싶었다. 매일 똑같은 일상을 반복하면서 꿈도 희망도 희미해져 가는 엄마들을 보니 어깨가 무거웠던 나의 과거가 떠올랐다. 아주 작은 것 하나라도 변화를 주어서 '나'라는 사람을 찾길 바랐다. 평범한 하루를 좋은 기억으로 마무리해보자. 한 줄이라도 남기기 위해 감사일기 작성을 모임의 주제로 정했다.

한 달이 지나고 멤버들의 후기를 받았다. 결과는 감동적이었다. 모임 2주 차부터 엄마들의 표정이 바뀌었다. 첫날, 부담스러울 정도로 눈 한번 깜빡이지 않고 나만 뚫어지게 쳐다보던 멤버도 있었고 책 읽기를 좋아하지 않는다는 엄마까지 다양했다. 내가 이 모임을 이어갈 수 있을 것인가 두려움이 생겼다. 하지만 하나둘씩 나타나는 변화를 보니 뭔가 해냈다는 뿌듯함이 밀려온다. 멤버들의 표정이 밝아졌고 말투가 부드러워졌다. 한 주 모임 하고 셀프 칭찬이 과한 게 아닌가 생각도 들지만 사실이다. 책을 읽는 엄마의 모습을 낯설어하는 가족들의 반응이 재미있다고 했다. 아주 사소한 것도 감사할 수 있는 일상을 살고 있고, 그 사실을 깨닫게 되었다고 한다.

독서모임을 운영한 지 벌써 5개월이 지나가고 있다. 매달 모임의 마지막 주에 참여 소감을 나눈다. 그달의 도서를 평가하고 다음 달 도서를 고를 때마다 멤버들의 목소리에 힘이 가득하다. 가족들의 지지와 관심을 받으며 독서 시간을 보내고 있는 우리 엄마들. 하루를 마무리하는 시간이 빛이 난다. 주로 아이들을 재우고 난 이후에 감사일기를 작성하지만, 아이와 함께 잠들어버리는 경우 아침에 감사일기를 적기도 한다. 아침부터 감사할 일이 넘친다. 저녁보다 아침에 더 적을 것이 많은 날도 있다. 멤버들과 감사를 나눌 때면 일기 쓰기가 잘한 선택이라는 생각이 든다. 책을 들고 다니는 사람이 아니었던 엄마가 아이를 기다리는 동안 읽기 위해 책을 갖고 다니는 사람으로 바뀌었다고 감사하단다. 엄마가 책을 읽는 일상이 아이에게 자연스러운 모습이 되었단다. 정독을 못 했는데 할 수 있는 사람이 되었단다. 감사를 입에 달고 손으로 쓰는 하루를 보내고 나니 가족들도 자연스럽게 감사함을 말로 나누게 되었단다. 독서를 통해 변화된 모습을 감사함으로 나눈다. 육아로 인해 진짜 내 모습이 무엇인지 잊고 살았다. '나'를 찾을 수 있을까 고민하다가 독서모임을 신청한 멤버가 그녀 자신을 찾아가고 있었다. 한 멤버의 아이가 "엄마, 감사일기 적었어? 내가 감사한 일을 만들어줄게"라며 엄마를 웃겨주고는 일기장에 쓰라고 했단다. 처음엔 큰 부담이었던 일이 지금은 자연스러운 일상이 되었다. 사소하게 지나쳤던 일이 감사거리가 되었다. 독서와 감사일기, 참 잘 어울린다.

기대보다 훨씬 더 풍성하게 하루를 채우고 있는 멤버들에게 감사하다. 잘 해낼 수 있을지 걱정하며 시작한 독서모임에서 오히려 내가 더 많이 배운다. 멤버들의 긍정적인 변화는 상을 받은 것처럼 자랑스럽다. 그렇게 나도 멤버들도 사소한 습관 하나로 큰 변화를 경험하고 있다. 가족들까지 물들어가는 지금이 불과 몇 개월 걸리지 않은 일이란 것이 믿기지 않는다. 독서와 모임, 혹은 그 외 새로운 일까지. 귀찮음을 조금 이겨내고 용기 내서 움직이기만 하면 어떻게든 된다. 경험하고 보니 그렇다. 그 작은 것 하나 이루었다고 즐겁다. 다람쥐 쳇바퀴처럼 굴러가던 일상에 참기름을 칠한 듯 웃음이 실실 나고 어깨가 펴진다. 여전히 부담감은 있다. 조심스럽게 부담감과 책임감으로 운영해가는 모임이지만 멤버들을 믿는다. 그래서 매주 다가오는 모임 날짜가 무섭지는 않다.

독서모임을 통해 함께 성장하는 사람들을 만났고 온라인을 통해 알게 된 사람들에게도 배우고 싶은 점이 많다. 그들에게 동기부여를 받으며 새로운 도전을 했다. 바로 전자책 발행. 읽는 것에서 끝나지 않고 아웃풋으로 남기기 위해 블로그 글쓰기를 꾸준히 하고 있었다. 하지만 정작 내 이야기를 담은 글은 없었다. 책 이야기로 시작한 블로그에 보통 장소 리뷰나 제품의 후기를 적었다. 그러던 중 만난 좋은 기회에 전자책 만들기를 목표로 글을 쓰기 시작했다. 막상 컴퓨터 앞에 앉으니 할 말이 없었다. 나눌만한 정보가 없으니 과연 내가 쓴 글을 사람들이 읽기나 할지 의심했다. 상관없지 않을까, 아무도 보지 않아도 나는 아니까 상관없다고 생각하고 나니 쓰고 싶은 주제가 생겼다. 책을 좋아하고 사람도 좋아하는 나의 이야기. 내가 만난 사람들에 대해 써보자. 다 적은 후에 과거의 나에게서 벗어나자. 좋은 추억도 가슴 아픈 기억도 다 담고 사느라 무거워진 어깨를 이제는 가볍게 만들고 싶었다. 훌훌 털어내고 다시 시작하자. 사람들과 있었던 일을 기억에서 꺼낸다. 관계에서 내가 받은 감정들을 적고 고마움과 슬픔을 털어냈다. 그때의 감동을 전달할 수 있도록, 나와 비슷한 상황에서 아파하는 사람들에게 도움이 되고 싶다는 마음을 담아 글을 썼다. 흔들렸던 시간 속에서 나를 잡아준 책의 내용을 정리해서 함께 남겼다. 아프고도 감사한 작업이었다. 다 쓰고 나니 한결 마음이 가벼워진다. 더 이상 지나간 일로 아파하지 않겠다. 정리가 된다. 홀가분하다.

사람과 책을 좋아하는 내가 독서모임을 운영하게 되었고 많은 것을 배우고 있다. 감사로 채우는 멤버들의 하루를 듣고 있으면 새로운 의지가 생긴다. 함께 나누는 공감과 격려는 어디에서도 얻을 수가 없는 경험이다. 서로의 자존감을 높여 주는 시간이다. 독서를 꾸준히 하면서 생긴 자신감으로 도전할 수 있게 된 것이 많다. 육아하느라 잊고 있었던 나를 다시 찾아가는 과정이다. 사람이 책을 만들고 책이 또 사람을 만든다는 것이 참 흥미롭다. 책과 함께라면 어디까지 성장할 수 있을지 생각해보는 것만으로도 재미있다. 성장의 기쁨을 맛보고 나면 가만히 있을 수가 없다. 나누고 싶어진다. 책은 이렇게 나를 한 뼘 정도 나은 사람이 되게끔 이끌어준다. 책과 함께 반짝이는 나를 만들어간다.

나다움을 찾아가는 여정

(고은진)

출산 후 약간의 산후우울증을 겪던 중 '북큐레이터'라는 직업을 우연히 알게 됐다. 아이들을 책으로 잘 키워야 일도 잘할 수 있다는 것이 좋았다. 더불어 우리 아이만 잘 키우는 게 아니라 내가 만나는 가정의 아이들까지 책을 잘 읽을 수 있게 도와주는 일이라 망설임 없이 북큐레이터라는 직업을 선택할 수 있었다. 처음 시작한 영업직은 일을 시작한 초창기는 일을 잘하는 것보다 아이들에게 책을 잘 읽히는 데 집중했다. 몇 년이 흘러 어느덧 직급이 올라 팀장 직책을 맡게 되었다. 한 팀을 책임지는 것이 어색하게 느껴졌다. 나를 믿고 한 팀이 되어준 팀원들에게 일도 잘할 수 있게끔 독려하는 역할을 한다는 게 부담스러웠지만, 한편으로 일을 더 잘하고 싶다는 기대감이 들었다. 같이 일하는 사람들과 앞으로 만나는 사람들에게 내가 일하는 곳의 가치도 전달하고 아이뿐만 아니라 엄마들의 성장도 돕고 싶다는 욕구가 팀장 승진 후 더욱 강해졌다.

일을 더 잘하고 싶어 책을 찾았다. 자기계발서, 육아서만 보다 처음으로 리더십에 관한 책도 읽기 시작했다. 이후로 세일즈, 대화법 등 고민이 있을 때마다 보던 책들이 점점 꼬리를 물듯 자연스럽게 영역이 확장되었다. 그러던 중 책에서 이야기하는 공통점을 찾았다. 나 자신을 먼저 찾으라는 것이었다.

나에게 좋아하는 것, 잘하는 것은 무엇인지 물어보는 이는 많지 않았다. 나는 누구인지, 내 삶의 의미는 무엇인지 책을 읽으면 읽을수록 책이 자꾸 나에게 질문했다. 허나 답을 찾기 어려웠다. 사랑하는 사람을 만나 결혼하고 아이를 낳으며 엄마가 됨과 동시에 하루하루를 열심히 살아왔지만, 삶의 의미를 생각해 볼 필요성은 못 느끼고 살았다. 하지만 책들이 끊임없이 나를 들여다보게 했다. 내 꿈은 무엇일까? 가족과 남을 신경 쓰고, 회사의 성과 달성만 쫓으며 지내왔던 터라 정작 중요한 삶의 의미는 잊고 살지 않았나? 돌아보게 되었다. 요즘 내 마음은 어떤지, 최근 무엇을 좋아하고 관심 있는지, 앞으로 남은 인생은 무엇을 하며 살고 싶은지 나를 찾는 시간을 갖고 싶었다.

처음부터 삶의 의미를 어떻게 찾아야 하는지 생각하기는 쉽지 않았다. 먼저 책에서 본 대로 나의 존재를 알아가기 위해 감사일기부터 써보기로 했다. 텅 빈 양식의 감사일기를 쓰기 어려웠는데 마침 나 자신에 대해 생각해 볼 수 있도록 간단한 질문과 재밌는 질문이 적혀 있는 TTC(The Taste of Cherry) 다이어리를 알게 됐다. 그 다이어리에 감사일기와 감정일기를 적어가면서 그동안 인지하지 못하고 있던 나를 새롭게 발견할 수 있는 시간을 가졌다. 좋았던 것, 화났던 것 등을 토해내기 시작해 나는 어떤 사람이고 무엇을 좋아하는지 다시 보였다. 또 내 마음의 안부를 스스로 물어가며 오늘 하루도 잘 지냈고 잘 버텨 왔어! 라며 스스로 칭찬해 준다. 주변의 모든 것에 감사하기 시작하며 하루하루를 보내니 어제보다 나은 내가 되고 있음을 느낀다.

최근 나의 가계 사정이 어려워졌다. 나아지지 않는 악순환에서 그보다 더한, 문제가 보였다. 아무리 가계부 강의를 듣고 부에 관한 책을 읽어도 기초적인 마인드가 달라지지 않으니 가계 사정이 나아질 리가 없었다. 제대로 된 돈 공부가 필요했다. 이제 용돈을 받고 관리해야 하는 아이들에게도 잘못 가르치고 싶지 않았다. 그러던 중 전부터 존경하던 켈리 최 회장의 〈부끌〉이라는 '부를 끌어당기는 켈리최 강연'에 관한 소식을 듣고 주저 없이 신청했다. 주말 내내 강의를 들으며 돈에 관한 생각을 깊게 들여다볼 수 있는 시간을 보냈다. 어릴 적 사랑을 많이 받고 자라며 부모님이 이런 말을 하셨던 게 기억난다.

"돈 버는 게 다 좋은 것 먹고 좋은 거 사 입으려고 일하는 것이지."라며 하나밖에 없는 딸이라 부모님께서는 내게 최대한 좋은 옷, 좋은 음식을 많이 사주려 노력하셨다. 덕분에 유행이나 외모에 민감한 시기에도 부족함 없는 학창시절을 보낼 수 있었다. 그때 부모님도 경제 교육을 받은 것이 아니기에 어린 딸에게 경제 교육을 어떻게 시켜야 될지 어려웠을 터다. 돈에 관한 잘못된 생각이 든 것이 원망스럽지는 않다. 자연스레 성인이 되어서도 돈에 관한 생각은 '잘 쓰는 것'이라는 마음이 자리 잡고 있었다. 돈이 생기면 모으기보다 외모나 유행 따라가는 데 써버리고, 아이들에게 좋은 옷을 사주거나 체험활동 다니며 많이 쓰다 보니 몇 년 동안 일을 했음에도 수중에 모이는 돈은 없었다. 지난 시간이 후회되어 달라지고 싶었다.

돌이켜 보면, 부끌 강의를 듣기 전 나는 경제 도서를 읽으면서 돈에 관한 생각과 습관들을 머리로만 이해했다. 습관을 고치지 못할 만큼 돈을 쓰는 것이 좋았다. 안 좋은 습관을 바꿔야지, 하면서도 모으지 못하고 아껴 쓰는 데 인색했던 것이다. 하지만 내 경제 사정이 안 좋아지자 절실한 마음으로 달라지고 싶었다. 책을 설렁설렁 읽기만 하는 것이 아니라 달라진 삶을 살고 싶었다. 누군가 "지금은 얼마까지 모을 때야. 월급 얼마를 받았으니 여기에 얼마 저금하고 투자해!"라고 이야기해준 대로 하면 얼마나 좋을까? 하지만 알려주는 이도 없고 내가 아쉬운 상황이니 절실한 마음으로 책을 봤다. 마침 독서모임에서 〈보도섀퍼의 돈〉 책으로 모임을 시작했다. 책을 보니 부자가 되는 것이 무엇을 의미하는지도 모르고 살았다는 것을 알았다. 언제까지 얼마의 돈을 모으기 원하는지도 없이, 단순히 돈을 많이 벌었으면 좋겠다, 돈이 많았으면 좋겠다고 생각했다. 그동안 돈이 없을 수밖에 없던 이유를 알았으니 이 책은 단순히 한 권의 책이 아니다. 한 글자, 한 글자마다 의미를 되새겨가며 더 나은 삶을 살기 위한 멘토이자, 지침서가 되었다.

일을 잘하고 싶은 마음에 리더십 책을 읽었다. 나에 대해 나조차도 잘 모르고 있던 내가 부끄러워 독서를 했다. 돈에 대한 책을 읽고 나니 더 달라지고 싶었다. 책을 읽고 나면 삶이 한 번씩 바뀌었다. 삶이 바뀔 때마다 원하는 방향으로 나아가기 위해 조금씩 움직였다. 일로부터 시작한 관심이 나를 돌이켜보게 해주었고, 이제는 남은 인생에 대해 생각하는 사람으로 만들어주었다. 책을 읽기 전 그저 살아가기 급급했던 내가 책을 읽고 나서부터 더 잘 사는 방법을 책이 알려준 것이다. 단지 경제적으로 풍족하게 '잘' 사는 것이 아닌 경제적으로도 풍부하고 내 시간도 의미 있게 지내고 싶어 매일 노력하는 사람으로 바뀌었다. 내 삶의 전반을 훑어볼 수 있게 시야를 키워준 책이 불현듯 감사하다. 책을 통해 큰 도움을 받았다. 작가가 써준 글을 읽고 내 삶을 바꿔 나가려 노력하는 것처럼 이제는 나로 인해 누군가의 삶을 돕고 싶은 작은 바람까지 생겼다. 점점 더 나아질 내일을 기대하며 내 삶이 빛나고 있다.

내일을 희망하게 하는 이 밤이 좋다

(김민정)

책보다는 사람이 좋았다. 누군가와 함께 시간을 보내며 이야기를 나누는 시간이 혼자 독서하는 시간보다 더 즐겁고 유익했다. 책에서 배울 수 없는 것도 사람으로부터 직접 배울 수 있다고 생각했고, 사람이 곧 한 권의 책과 같다는 생각도 들었다. 하지만 대부분 깊어지면 깊어질수록, 관계는 바닥을 드러냈고 이내 쉽게 고갈됐다. 만남 가운데 새로움도 진전도 성숙도 찾기 힘들었다.

본격적인 사회생활을 시작하면서부터 이전보다 더 다양한 이들과의 관계가 형성됐다. 이따금씩 소진되어버리는 마음을 혼자 조용히 책으로 달래는 시간이 많아졌는데, 그제야 진심으로 마음에 다가오는 책들이 생겼다. 가볍고 쉽게 쓴 듯하지만, 삶의 깨달음과 묵직한 감동까지 주는 인생 이야기들이다. 사람 사는 이야기, 살아온 이야기, 또 삶의 아름다움을 예찬하는 시와 에세이를 읽어가며 삶의 고비 고비마다 살아갈 힘과 위로를 얻곤 했다. 또 내 마음을 돌아보고 내가 모르던 나를 만나며 알아가게 도와주는 책들도 자주 찾았다.

결혼 후 오랜 시간 임신을 준비하는 동안에는 점점 몸이 무거워져 자꾸만 눕고 싶었다. 출산예정일 한 달 전까지 왕복 3시간이 넘는 장거리 출퇴근을 해야 했던 추운 겨울에는 장소를 불문하고 따뜻하면 잠이 쏟아졌다. 출산 이후엔 급격히 변화된 육아 일상에 적응하느라 책을 펼쳐 읽어볼 여유도, 여력도 생기지 않았다. 그러다 다시 독서를 해야겠다는 생각이 든 것은 70일쯤 자란 아기를 재우던 어느 날이었다. 도무지 잠잘 생각을 하지 않던 아기를 안고서 막막하고 힘든 밤을 보냈다.

'엄마'라는 타이틀을 단 지 얼마 되지 않아, 모든 것이 처음이라 어색하고 막막하기만 했다. 몸의 회복은 물론이고 수면 양도 항상 부족해 더욱 힘들었던 날들. 이리저리 흔들며 토닥여도 쉽게 잠들지 못하는 아기를 안고서 자장가를 불러주고, 기도 소리도 나직이 들려줘 보았지만, 점점 무거워져 가는 아기를 안고 홀로 보내야 하는 밤은 너무도 길었다.

어제가 오늘 같고 오늘이 내일 같은, 무엇보다 새로움 없이 반복되는 하루. 끝없는 육아와 살림의 굴레 속에 점점 지쳐가고 있다는 생각이 들었다. 침체되어 가던 어느 날, 책장에 꽂혀 있던 책들이 눈에 들어왔다. <당신이 옳다>, <결정이 어려운 너에게>, <두려움을 떠나 사랑의 집으로>… 제목만 봐도 그 책을 읽던 과거의 한때가 떠올랐다. 방황하던 시절, 어떤 고민과 문제 앞에서 해답을 얻기 위해 절실한 마음으로 한 권 한 권 사 모은 나름의 이유와 명목이 있는 책들. 하지만 이제는 아기를 안고 책을 꺼내는 것도, 읽는 것도 쉽지 않았다. 책 하나를 빼서 읽어가려는데 중간중간 아기가 보채니 진도가 나가지 않았다.

아기를 안고 하는 독서는 힘들고 불편했다. 좀 더 쉽게 읽을 방법이 없을까 고민하던 차에 검색해 보니 높이가 조절되는 독서대가 있었다. 바로 주문해 두고, 내친김에 아기를 안고 앉아서도 볼 수 있는 낮은 독서대도 주문했다. 이튿날 택배로 도착한 독서대를 식탁 위와 기저귀 갈이대 위에 두고 아기를 안고 집안을 돌아다녀야 할 때 본격적으로 책을 보기 시작했다.

오랜 시간 책장 속에 잠들어 있던 그 시절의 책들을 하나둘 소환하자, 그동안 출산과 육아에 묻혀 잠들어 있던 내 안의 꿈, 소망이 깨어나기 시작했다.

'아, 나라는 존재에 대해 잊고 있었구나.'

인생의 역경을 뛰어넘었던 크고 작은 도전들, 내가 좋아했던 것, 그리고 내가 하고 싶었던 것들이 구름처럼 둥둥 떠올랐다. 한참 아기를 안고 재워야 하는 상황인데도 평소만큼 지치지 않았다. 책장을 넘기는 것은 여전히 불편했지만, 쉽게 넘길 수 없다 보니 앞장과 뒷장 사이 더 긴 호흡을 넣어가며 읽게 됐다. 같은 쪽만 펼쳐 둘 수밖에 없는 상황에도 인상 깊은 문장 하나를 곱씹으며 사색의 세계를 펼치기도 했다. 그렇게 책을 통해 아기와 함께 있는 좁은 방안에서 시공간을 초월한 또 다른 세계로 연결되고 접속했다. 예전에 책 여백에 남겨둔 당시 메모와 단상들을 다시 읽어보며 그 시절의 나와도 만났다. 그사이 어느새 달라져 버린 인생의 의미를 깨닫는 것도 신기했다.

더 편하게 책을 읽을 방법을 강구하다 보니 요즘에는 핸드폰으로 e북을 쉽게 볼 수 있다는 것을 알게 됐다. 아기를 재우거나 수유할 때 어두운 곳에서 책을 보기도 하고, 육아 중 매일 해야 하는 지루한 과업 중 하나인 젖병 세척과 열탕 소독을 하는 시간에도 오디오북을 켜서 듣기도 했다.

요즘에는 밤늦은 시간, 아기를 재운 뒤 육아 퇴근과 주방 퇴근을 하고 나면 옷방 한 켠에 놓인 좁은 책상 앞에 앉는다. 대학가 원룸을 하던 친정집에서 결혼할 때 가져온 작고 좁은 책상이다. 안 쓰게 되면 버리려고 가져온 것이지만, 지금은 내가 가장 많은 것을 느끼며 깨닫고 사색하는 귀한 자리다.

늦은 밤 좋아하는 음악을 틀어두고 책을 읽고 글을 쓰는 이 시간. 좁은 책상 위에서 책 속의 또 다른 세상과 연결된다. 책 속의 저자에게 공감을 받거나 한 수 배우기도 하고, 또 가 본 적 없는 새로운 세계로 들어가는, 영감으로 채우는 행복한 시간이다. 그리고 정신없이 지나 보낸 나의 하루를 돌아본다.

'오늘 내가 뭐 하며 하루를 보냈지? 뭣 땜에 그렇게 힘들었던 걸까….'

온종일 육아와 살림에 잃어버린 나를 찾고 돌본다. 눈앞에 닥친 일만 해결하기에도 벅찬 하루 중에 주어지는 이 시간은 인생의 흐려진 초점을 다시 또렷하게 맞추는 기회가 된다. 오늘 내가 어디에 서 있는지, 어느 곳을 향해 가는지 삶의 좌표를 돌아보게 되는 것도 내게는 가장 큰 유익이다. 부끄러움, 속상함, 아쉬웠던 나의 모습도 달랜다. 더 좋은 미래, 열매 맺는 내일이 있음을 기대하며 뿌린 대로 거둔다는 말처럼 희망과 긍정, 사랑의 언어를 내게 전한다.

퍽퍽한 일상 속 오아시스와 같이 해갈의 시원함을 주는 책들도 읽는다. 그런 책들을 읽는 행위만으로도 육아와 살림을 하는 동안 내 안에 올라와 있던 짜증과 불안, 염려와 두려움들이 서서히 가라앉기 시작한다. 마음엔 이미 평안함과 자유, 해방감이 깃든다.

사회생활을 시작하고 사람으로 소진되어 버린 마음을 책으로 달래왔던 나. 우연히 다시 꺼내 본 책들로 무료하고 외롭기만 했던 독박 육아 일상에 작은 숨구멍이 생겼다. 이제는 육아하며 고갈되는 에너지를 책으로 채운다.

방황하던 시절, 나의 책가방을 무겁게 했던 책들. 그때마다 어떤 고민과 문제 앞에 절실함으로 붙들던 책을 다시 꺼내 읽는 시간은 그 시절의 나로 돌아가게 했고, 하나씩 도전해보던 청춘의 나를 만나게 했다. 어린 아기를 키우는 동안 이제부턴 아무것도 할 수 없겠다고 생각했는데, 어떻게든 책 읽을 궁리를 하면서 내가 해보고 싶은 것, 할 수 있는 것이 생겼다. e북과 오디오북을 발견했을 땐 고립된 육아 사막 속 오아시스를 만난 것처럼 반갑기만 했다. 잠자는 시간마저 아까웠다.

모든 일과가 끝난 밤, 잊혀 가고 지워져 가는 나를 찾고 찾으며 이전에 꿈꾸던 나로 더 키워가고 싶은 열망이 솟아오른다. 책으로 숭숭 뚫어 둔 숨 쉴 구멍 덕분에, 더 여유 있는 엄마가 된 것도 덤이다.

몸은 피곤함에 절어 점점 꺼져가지만, 늦은 밤 방 한구석 작은 책상 위에서만큼은 눈빛이 반짝인다. 피곤하지만 자고 싶지는 않은 밤. 까맣게 내려앉은 어둠 속에서도 내 생각과 정신은 환하게 깨어난다. 내일을 기대하게 해주는 이 밤을 보내주기 싫은 이유다.

한 권의 책이 바꾼 희망의 빛

(박은경)

아이들 공부 머리는 태어날 때 타고난다는 말은 오랫동안 내 마음 한편을 무겁게 눌렀다. 20여 년간 쌓아온 교육 코치로서의 신념이 흔들렸고, 나의 존재 가치마저 의심스러웠다. '타고난 능력이 전부라면, 나와 같은 교육자는 무슨 의미가 있을까?' 이런 의문을 안고 답을 찾아 헤매던 때였다. 아이들 코칭, 부모님 상담, 학습 연구하는 것이 일상이었다. 솔직히 말하면, 선택한 길을 걷고 있었을 뿐이었다. 매일 아이들을 만나 코칭하면서도, 풀리지 않는 수수께끼처럼 늘 의문이 자리 잡고 있었다. 모든 아이가 성장할 수 있는 것인지, 나의 코칭이 진정 도움이 될 수 있는 건지에 대한 해답을 찾고 또 찾았다. 교재를 사기 위해 서점에 들른 어느 날, 눈을 번쩍 뜨게 하는 책 한 권을 만났다. <초등 6년 공부머리 만들기>라는 평범한 제목의 책이었다. 여느 때 같으면 그냥 지나쳤을 법한데 그날따라 공부 머리에 대한 단어를 되뇌고 있어서였는지 눈에 띄었다. 내 존재 가치마저 의심하게 만든 '공부 머리'를 만들 수 있다니? 이게 무슨 소리인가 싶어 책을 집어 들었다. 제목에 이끌려 열어본 책이었지만 선 채로 단숨에 몇 페이지를 읽었다. 두 눈에서 빛이 났다. 이 책은 마치 나의 고민에 대한 답을 주기 위해 그 자리에서 기다리고 있었던 것 같았다. '우리의 뇌는 끊임없이 변화하고 성장한다.' '초등 아이들의 공부 머리를 키우는 단계별 두뇌 교육법'이라는 문구가 내 눈을 사로잡았다. 그동안 학생들에게 '너희는 할 수 있어!'라고 말해왔지만, 진심으로 그렇게 믿고 말했는지 의문을 갖던 나에게 강렬하게 다가온 문장이었다. 집으로 돌아와 밤을 새우다시피 책을 읽었다. 사막에서 오아시스를 만난 것처럼 갈증을 해소하듯 한 페이지 한 페이지 읽어나갔다. 그날 이후로 뇌 과학에 관심을 가졌고 관련 서적을 샀다. 뇌 과학에 대한 독서는 내 일상이 되었다. 대학원 수업에서 공부했던 이론들은 뇌 과학을 만나 더 깊은 탐구의 길로 이끌었고 관련 분야에 대한 탐독이 시작되었다.

'뇌의 가소성'이라는 개념은 충격적이었다. 우리의 뇌가 평생 변화하고 성장할 수 있다는 사실, 적절한 환경과 자극이 주어지면 누구나 발전할 수 있다는 과학적 증거들은 나의 교육 철학을 단단하게 다져주었다. 흔들리던 나의 신념이 다시 굳건해졌다. 이제는 과학적 근거를 갖고 확신할 수 있게 되었기 때문이었다. '너희는 할 수 있어'라는 말이, 더 이상 막연한 격려가 아닌 진심이 되었다. 이후 아이들을 만날 때마다 그들의 잠재력을 새로운 시각으로 바라보려 했다. 그중 태우(가명)와의 만남은 뇌 과학에 대한 신념을 공고히 하는 계기가 되었다. 태우는 수학 연산은 어느 정도 했지만, 책 읽는 것을 싫어해 문장제 문제를 전혀 풀지 못했다. 글이 조금이라도 들어간 문제는 별표를 하고 풀지 않아서 별명이 '별나라 왕자'였다. 그런 태우에게 뇌세포의 작동 원리를 설명해 주었다. 우리 뇌는 태어나 2살 때까지 뇌세포가 엄청나게 많이 만들어진다. 이 뇌세포들은 사용하지 않으면 분리수거 되듯 가지치기 돼서 성인이 되면 오히려 줄어든다. 수학 문제를 깊이 고민하면, 깨어있는 뇌세포가 옆의 잠자는 뇌세포들을 깨우게 된다. 수학을 잘하는 친구들은 태어날 때부터 특별한 것이 아니라, 깊은 고민으로 더 많은 뇌세포를 깨웠기 때문에 실력이 좋은 것이라고 했다. 깊은 잠에 빠져 있는 뇌를 깨우는 건 힘든 일이다. 태우도 그랬다. 처음에는 반신반의하며 힘들어했던 태우가 시간이 흐르며 조금씩 변화하기 시작했다. 첫 달에는 문장제 문제 다섯 개 중 한 개를 시도했다면, 3개월 후에는 세 개를 풀었다. 6개월이 지나자 모든 문제에 도전했다. 특히 인상적이었던 것은, 태우가 문제를 풀고서는 잠든 뇌세포를 깨워서 풀었다고 즐거워하는 모습이었다. 변화를 보며 깨달았다. 내가 진정으로 원하는 것은 단순히 아이들을 코칭하는 것이 아니라, 그들 자신의 잠재력을 깨우도록 돕는 일이라는 걸. 학습 코칭에 변화를 겪은 후 더 많은 뇌 과학 관련 책을 읽었다.

독서를 할수록 나의 시야는 넓어졌고, 교육에 대한 열정은 더욱 커졌다. 이제는 뇌 과학을 기반으로 한 새로운 학습법을 개발하고, 이를 널리 알리고 싶은 마음이 자꾸 커가고 있다. 성장 중인 아이의 부모에게 뇌 과학을 쉽게 알리고 싶어 블로그를 시작했다. 뇌 과학과 학습 코칭, 재미있는 뇌 과학 이야기들을 정기적으로 포스팅하며, 여러 부모와 소통하고 있다. 특히 독서가 뇌 발달에 미치는 긍정적인 영향을 알게 된 후에는 '브레인 독서코칭 프로그램'을 개발하기 시작했다. 나아가 이러한 독서 경험과 깨달음을 더 널리 나누고 싶어 책 출간도 준비하고 있다. 학습 코칭에서 한 단계 성숙된 나의 이야기를 담은 공동저서와 아이들의 뇌 발달에 관해 부모에게 도움이 되는 전자책을 구상 중이다. 또 브런치 작가로 활동하며 뇌 과학과 학습 코칭에 관한 글을 꾸준히 발행하고 있다.

매일 밤, 잠들기 전 그날 만난 책 한 구절을 곱씹어본다. 어떤 날은 신선한 아이디어로 가슴이 설레고, 때로는 깊은 위로를 받는다. 페이지 넘기는 소리, 종이 냄새, 활자를 따라가는 눈의 움직임, 이 모든 것들이 하나의 의식처럼 되었다. 책장 한 장을 넘기는 작은 행동이 삶의 새로운 장을 열어준다는 것을 경험으로 알게 되었다. 지금도 어딘가에서 누군가의 손길을 기다리는 책들이 있다. 서점의 구석진 서가에 꽂힌 어느 책이 누군가의 방황하는 마음을 인도할 등대가 될지도 모른다. 마치 '초등 6년 공부머리 만들기'가 내게 그랬던 것처럼. 그 책은 미처 발견하지 못한 내면의 가능성을 일깨워주는 마법의 열쇠가 될 것이다. 책은 마법 같은 존재다. 시간과 공간을 초월해 지혜를 전해주고, 각자의 삶에서 고유한 빛을 발하게 한다. <초등 6년 공부머리 만들기>는 흔들리던 나의 신념을 다잡았고, 태우에게는 숨어있던 역량을 깨우는 마법서였다.

어쩌면 우리 모두에겐 그런 마법서가 기다리고 있을지 모른다. 인생을 바꾸고 내면의 가능성을 일깨워줄 그런 책 말이다. 책을 만나는 순간, 비로소 진정한 자아를 발견하고 자신만의 빛을 발하게 된다. 나에게는 <초등 6년 공부머리 만들기>가 그런 책이었다. 책은 흔들리던 신념을 확신으로 바꾸어 주었고, 뇌 과학이라는 새로운 길을 열어주었다. 이제 한층 성숙한 신념으로 아이들의 성장을 돕는다. 블로그에 글을 쓰고, 코칭 프로그램을 만들고, 책을 준비하는 모든 순간이 그 확신의 발걸음이다. 태우처럼, 우리 모든 사람의 내면에는 거인이 잠들어 있다. 잠든 거인을 깨우는 비법은 책 속에 있다. 누군가의 손길을 기다리는 특별한 책이 분명 어딘가에 있을 것이다. 책은 삶이 흔들리는 이에게 어떤 변화를 일으킬지 안다. 삶의 모퉁이에서 만나게 될 한 권의 책은 누군가에게 분명 새로운 가능성이 될 것이다.

내 꿈의 든든한 버팀목

(윤성숙)

자카르타에서 맞이한 임신 초기는 입덧이 심했다. 물조차 마실 수 없었다. 먹는 족족 다 게워내다 보니 몸무게가 10kg이 빠져 뼈만 앙상했다. 지금 같아서는 링거라도 맞았을 텐데 당시에는 그렇게 했다가는 큰일 나는 줄로만 알았다. 엄마와 언니의 따뜻한 손맛이 묻어난 음식이 그리웠다. 참고 견디던 5, 6개월은 길고 또 길었다. 한국에서 나는 포도라도 먹으면 원 없을 것 같았는데 쉽게 허락되지 않았다. 향수병이란 이런 거구나 싶었다. 그때 한이 되었을까. 두 아이의 엄마가 된 지금도 여름에 한국에 오면 포도를 상자째 사다 두고 먹는다.

두 아이를 키우면서 어려운 점이 있을 때면 먼저 책을 찾았다. 누구나 부모는 처음이라 하지 않던가. 처음 엄마가 된 후로부터 어떻게 하면 아이를 잘 키울 수 있을지는 나의 최대 관심사였다. 그래서 나는 책에서 알게 된 내용은 곧바로 육아에 적용해 보았다. 그중에서 유아기의 습관이 평생을 좌우할 수 있다는 글을 읽고, 아이에게 책 읽는 습관을 길러 주기로 마음먹었다. 처음에는 아이가 기분 좋을 때를 골라서 내 무릎 위에 앉혔다. 부담을 주지 않으려고 단 3분 동안만 책을 읽어주기 시작했다. 그 시간이 점점 익숙해지자, 조금씩 시간을 늘려나갔다. 특히 유치원에 가기 전, 5분이라도 책을 읽고 가는 습관을 들였다. 이 작은 루틴이 아이의 하루를 차분히 열게 하고, 상상력을 키워주는 소중한 시간이 되었다. 그렇게 형성된 습관은 초등학교에 가서도 자연스럽게 이어졌다. 책 읽는 시간은 아이와의 소중한 교감이 되었고, 동시에 아이가 책과 더 가까워질 수 있는 특별한 시간으로 자리 잡았다. 이 과정에서 아이의 성장과 함께 나도 책 읽기의 기쁨을 다시금 느낄 수 있었다. 결국 작은 습관이 주는 힘이 얼마나 큰지, 우리 가족은 직접 경험하게 되었다.

아이의 학습 시간을 정해두고 공부를 시키기로 했다. 많은 이들이 "내 아이 가르치는 게 세상에서 제일 힘들다"라고 했던 말이 실감 나는 순간이 있기도 했었다. 시간을 정했지만, 예상치 못한 개인 일정이 겹칠 때마다 '오늘은 그냥 미뤄 볼까?' 하는 유혹이 찾아왔다. 그럴 때마다 마음을 다잡으며 약속한 시간을 칼같이 지키려 노력했다. 사실, 그 시간을 지키는 일은 단순히 공부 이상의 의미가 있었다. 나 스스로 아이와의 약속을 지키는 모습을 보여주는 것이 중요하다고 느꼈기 때문이다. 아이 역시 이러한 과정을 통해 자신과의 약속을 지키는 법을 배워 갔다. 문득 생각해보니,

그런 내 의지와 인내도 그동안 책을 읽으며 자연스럽게 터득한 것이 아닐까 싶었다. 책 속의 이야기들은 꾸준함의 가치를 알려주고, 결심을 행동으로 옮길 용기를 심어 주었다. 결국, 아이와 함께한 이 시간은 단순히 학습을 넘어 서로의 성장과 약속을 지켜 가는 소중한 경험이 되었다. 이렇게 성장한 두 아이는 한국으로 대학을 갔다.

두 아이가 한국으로 떠나고 나서 얼마 후 허리통증이 심해졌다. 병원 진단 결과 허리 디스크였다. 그동안 내 몸을 잘 돌보지 못했던 탓이다. 남편도 지방으로 발령이 난 바람에 타지에서 혼자 허리통증과의 사투를 벌였다. 허리 때문에 침대에서 꼼짝할 수조차 없게 되자 그저 창문 너머를 바라보며 눈물을 흘리는 것 말고는 할 수 있는 것이 없었다. 통증과 외로움으로 울다 잠들기를 반복하면서도 놓지 않았던 것은 감사였다. 통증에 시달리던 중 손에 잡게 된 책 오프라 윈프리가 쓴 <위대한 인생>은 운명이었던가. 책에서 알려주는 대로 매일 5가지 감사할 일을 떠올리며 나에게 주어진 것에 감사하려고 애썼다. 처음에는 아픈데 무슨 감사인가 싶은 마음에 감사할 일이 전혀 떠오르지 않았다. 배운 것을 실천하자는 독서 철학 덕분이었는지 아침에 눈 뜨자마자 5가지 감사일기를 써보았고, 잠들기 전에는 하루 중 감사했던 일을 떠올리며 잤다. 이렇게 해보니 서서히 관점이 바뀌기 시작했다. 극심한 통증을 조금이라도 줄여볼 수 있을까 싶어 지푸라기라도 잡는 심정으로 시작한 일이었다. 이 상황에 감사할 일이라고는 눈 씻고 찾아볼 수도 없다며 불평했었다. 하지만 감사하는 것을 실천하다 보니 이 상황에서도 감사할 부분이 곳곳에 존재한다는 사실을 깨닫게 되었다. 당연하게 여겼던 일상이 하나둘 감사로 다가오고, 사소해 보이던 순간들조차 특별하게 느껴졌다. 그때의 나를 떠올리면 참 많은 것이 달라졌음을 실감한다. 책에서 알게 된 내용을 적용해 가는 과정에서 나라는 사람의 정체성마저 조금씩 변하게 된 것이다.

아이들도 대학에 들어가고 아픈 허리도 나아지니 생각이 많아졌다. 막연하게나마 가만있으면 안 될 것 같아 앞으로 무엇을 해야 할지, 나에게 의미 있는 일은 무엇일지 떠올려 보려 했으나 막상 생각나지 않았다. 좋아하는 일을 찾아보라지만 어쩜 이리도 나에 대해 모르고 있을까 싶어 답답했다. 그동안 열심히 살았으니 좀 편하게 지내볼까 싶다가도, 그러면 이도 저도 안 될 것 같다는 생각에 하루에도 열두 번 마음이 갈팡질팡했다. 그럴 때마다 머릿속을 스치고 지나간 것은 책이었다. 나는 무언가를 결정하려고 할 때 늘 책을 보며 마음을 다잡곤 했기에 전에 읽었던 자기계발서에 손이 갔다. 조셉 머피나 브라이언 트레이시, 팀 페리스 등 평소 자주 보던 작가들의 책을 다시 꺼내 읽어보았다. 밑줄 친 곳이 곳곳에 보였다. 처음 읽었을 때 받았던 감흥이 다시 솟아났는지 연신 그때의 내가 표시해둔 곳으로 시선을 따라 옮겼다. '사명'. 그

때도 지금도 내 마음을 움직이는 한 단어, 나는 다른 사람을 가르치고 그들이 성장하는 것을 도와줄 때 기쁨과 보람을 느끼는 사람이었음을 새삼 떠올리게 된 것이다. 다시 꿈이 생겼다. 한국에 관심 많은 인도네시아 사람들에게 한국어와 한국문화를 가르쳐주는 삶.

지금 돌이켜보면, 꿈을 하나씩 이루고자 할 때 무엇을 그렇게 고민하고 망설였나 싶다. 그냥 한 번 해봤더라면 더 좋았을 텐데. 지그 저글러가 말했듯이, 훌륭하기 위해 필요한 건 "시작하는 것" 뿐이었다. 하지만 나는 완벽하지 않은 상태로 시작하는 게 두려워, 처음부터 완벽해야 한다는 생각에 자신을 옭아매기도 했었다. 결국 그 망설임으로 시간을 흘려보내기도 했고, 아무것도 하지 않는 상태로 나를 가둬 두기도 했다. 이제야 깨닫는다. 완벽은 시작이 아니라, 과정에서 만들어진다는 사실을. 그러니 조금 부족해도, 조금 두려워도 일단 시작하는 용기가 가장 중요하다는 것을 깨달았다.

꿈은 있지만, 그 꿈을 향해 나아가려고 할 때 많은 망설임과 두려움이 있었다. 용기를 내어 시작했지만 쉽게 이루어지지 않았다. 중간에 힘든 일도 많고, 포기해야 할 일도 많이 생겼지만 그럴 때마다 책 속에서 만난 저자들의 한 줄 한 줄은 마음에 뿌리를 내려 나를 지켜주는 묵직한 버팀목이 되었다. 눈에 보이지 않는 뿌리처럼, 그 깊은 곳에서 흔들리는 나의 마음을 붙들어주었다. 그들의 실패와 도전, 어려움과 성공 속에서 조금씩 용기를 얻었다. 독서는 내 꿈이 시들지 않도록 늘 지켜주는 지지대이자, 언젠가 내가 바라는 곳에 다다를 수 있도록 나를 지탱해주는 큰 버팀목이 되어 주었다.

내 꿈은 내가 읽은 책들로 만들어졌다

(이은정)

'한비야처럼 살고 싶다.'라는 막연한 꿈을 꾸었다. 그녀가 우리 땅을 종주한 이야기를 담은 책을 읽었을 땐, 내 두 발로 한반도를 꾹꾹 눌러 밟겠다며 국토대장정을 꿈꿨다. 수능이 끝난 지 얼마 되지 않을 무렵 품은 꿈이었다. 스무 살, 뜨거운 여름, 한 달간 해남 땅끝마을부터 고성통일전망대까지 630Km를 걸었다. 땅과 마주 닿는 두 발바닥엔 물집이 생기고 터지기를 반복했다. 한비야를 따라 하고 싶었던 스무 살의 나는 용감했다.

한비야 작가가 중국에서 유학한 책을 읽고선 중국어를 잘하고 싶어졌다. 책을 읽은 다음 학기에 교양과목으로 기초 중국어 수강 신청을 했다. 학점은 좋지 않았다. 좋은 결과를 받진 못했지만 시도했으니 확실히 알게 되었다. 난 중국 유학까진 가지 않아도 되겠다는 걸. 중국어엔 흥미도 소질도 없다는 걸 안 값진 한 학기였다.

한비야 작가의 신간이 나왔다. 긴급구호 활동을 하며 쓴 책 <지도 밖으로 행군하라>였다. '긴급구호'가 뭔지도 몰랐다. 그저 동경하는 작가가 쓴 책이니 읽었을 뿐이다. 이 책 한 권이 내 인생을 바꿀 줄이야. 전쟁, 재해, 가난으로 아파하는 사람들을 만난 그녀의 글에 내 가슴이 쿵쿵 뛰었다. 진로를 고민하던 20대의 나에게 꿈이 생겼다. 세상의 배고픔과 나의 기쁨이 만나는 곳에 서자! 그리 살리라 다짐했다.

NGO 활동가로 살고 싶다는 꿈이 생겼지만 꿈을 가진다고 곧바로 이루어지는 건 아니었다. 꿈은 어딘가 깊숙이 넣어둔 채 일반 회사 사무직으로 살아가던 시절이 있었다. 직장 생활이 버거웠던 초보 직장인, 매일 물먹은 솜처럼 무거운 몸을 질질 끌고 집에 왔다. 주말 어느 날엔 침대에 쓰러져 24시간 동안 몸을 일으키지 않은 날도 있었다. 닳아 없어진 내 에너지를 채우는 유일한 방법은 침대와 하나가 되는 거였다. 소처럼 일하는 나날을 보내던 어느 날, 종로 영풍문고 한 켠에서 발견한 책의 부제에 이끌렸다. '떠남과 돌아옴. 출장길에서 마주친 책 이야기'. <밑줄 긋는 여자>라는 책의 부제였다. 떠남과 돌아옴이라는 두 단어가 잊었던 꿈을 기억나게 했다. NGO 활동가로 살며 가끔은 비행기를 타고 해외 현장을 가볼 수 있지 않을까 했던 내 마음속 깊은 꿈을 다시 이루고 싶어졌다. 초보 회사원의 티를 겨우 벗은 3년 차에 별 대책 없이 직장을 그만두었다.

운이 좋게도 직장을 그만둔 후 두 달이 채 지나지 않아 지금의 직장, 국제구호단체에 입사했다. 벌써 10년도 넘게 NGO 활동가로 살아가고 있다. 한비야처럼 현장을 누비는 활동가는 아니다. <밑줄 긋는 여자>의 저자처럼 자주 비행기를 타지도 않는다. 1년에 한 번 겨우 출장을 갈 뿐이다. 그럼에도 난 꿈을 이뤘다. 현장에 필요한 후원금을 확보하고, 후원자가 가치 있는 일을 오래 하도록 격려하는 일을 해간다. 세상의 배고픔과 내 기쁨이 만나는 곳에서 있는 일이었다. 내가 일하는 사무실 공간이 현장이란 자부심을 가지며 일한다. 책은 나를 꿈꾸게 했고, NGO 활동가로 살도록 인도했다.

이제 막 5~6개월 된 아기들을 안고 독서모임을 시작했다. 육아로 갑작스레 세상과 단절된 외로움을 이기려 시작한 모임이었다. 일주일에 한 번이나 격주에 한 번, 평일 낮에 아이들을 데리고 모였다. 읽은 책으로 수다를 떠는 장이었다. 독서모임의 대화에 자주 등장하는 주제는 마흔 이후 삶의 진로였다. 대기업에 다니다 육아휴직을 한 멤버도 진로가 고민이었다. 스트레스가 많은 일, 자신과 맞지 않는 일을 돈 때문에 하는 건 괴로운 일이라 했다. 임신과 출산으로 경력이 단절된 멤버는 아이를 어느 정도 키운 후 무엇을 해야 할지 걱정하곤 했다. 15년이 넘도록 한 분야에서 일한 워킹맘 멤버는 전문분야를 더 공부할 결정을 했다. 나 또한 독서모임 초반엔 앞으로의 진로를 반복해 질문했다. 복직 후 워킹맘으로 연년생 아이들을 키워낼 수 있을지 자신이 없었다. 20대의 꿈을 이루며 30대를 살아왔으니 마흔 엔 새로운 꿈을 꾸어도 되지 않을까 싶었던 차였다.

그 무렵 2년 동안 매일 두 시간을 읽고, 쓴다면 삶이 반드시 변한다는 내용의 책을 읽었다. 매일 읽고 쓸 두 시간을 확보해야 했다. 육아의 고단함 속에서 두 시간을 확보하기란 어려운 일이었다. 반복되는 육아의 일상 중엔 쓸 일이 없다고 여겼던 다이어리를 펼쳤다. 다이어리에 육아 시간을 기록했고, 두 시간을 빼려 하니 도무지 뺄 수 있는 시간이 보이지 않았다. 새벽 4시, 아이가 배고프다며 일어나는 시간이었다. 먹이고, 재운 후 다시 쉬이 잠들지 못한 그 시간에 읽기로 했다. 독서를 다짐하기 전에는 이 시간이 괴로웠다. 새벽에 이미 몇 차례나 자다 깨기를 반복해서 푹 자지 못했다. 아이를 낳고 돌이 다 될 때까지 밤새 푹 잔 날이 하루도 없었다. 다시 자고 싶지만 깊이 잠들 수 없던 새벽 4시에 책을 읽기로 결정하고 4시에 아이가 깨면 수유하고 재웠다. 4시 30분이면 독서를 시작할 수 있었다. 예민한 아이는 내 품에서 떨어지면 잠을 깨버렸다. 왼팔로 팔베개를 해준 채로 누웠다. 왼손엔 핸드폰을 꼭 쥐고, 오른손은 아이가 깨지 않도록 엉덩이를 토닥토닥 두드렸다. 아이를 안아 눕힌 채로 나도 함께 누워 읽을 수 있는 책은 전자책이었다. 팔베개 한 채로 아이를 안고, 휴대폰을 손에 든 기괴한 포즈로 책을 읽었다. 그 자세 그대로 블로그에 기록을 남기는 일까지 딱 두 시간이었다.

하루 두 시간, 읽고 기록하기를 반복했다. 책을 읽기만 할 때는 그저 좋은 말들이 많다며 지나쳤다. 기록하다 보니 책의 문장을 붙들고 씨름할 수밖에 없었다. 책에서 해보라는 걸 안 하면 넘어가지질 않았다. 책의 권수를 채우는 것보다 책을 붙들고 생각하는 게 나에게 필요한 독서였다는 걸 그제야 깨달았다.

그 무렵 읽은 책 속에서 '당신이 지금 몰두하고 있는 취미가 무엇인가? 이를 바탕으로 경력을 쌓아라. 즉 당신의 취미를 활용해 돈을 벌라는 얘기다.'라는 문장을 만났다. 취미로 돈을 벌 수 있는 방법이 있을까 고민을 거듭했다. 돈이 될 만한 취미는 아무리 생각해도 없었다. 무엇 하나 진득하게 파고들지 못하는 나였다. 바이올린을 배우기도 했고, 라이딩 동호회를 하며 자전거를 타는 취미를 갖긴 했지만 깊이 파는 취미가 없는 나였다. 매년 영어 공부를 시작해도 금방 포기했다. 남편은 취미가 하나 생기면 해외 유튜브까지 찾아내 공부하며 깊이 파는 모습을 보여줬다. 그 덕에 수준급 목공 실력을 갖췄다. 배드민턴에 푹 빠졌을 땐 운동하는 자신의 모습을 영상으로 찍어 고칠 게 무엇인지 찾아내 실력을 쌓았다. 그의 모습을 보면서 내게도 그처럼 파고들 수 있는 취미가 있을지 더욱 찾아보았다. 그렇게 찾은 내 취미는 독서모임이었다. 독서 자체를 즐기기보단 독서를 할 수 있는 환경을 만드는 모임을 운영하는 게 내 즐거움이었다. 나처럼 독서해야 한다는 부담은 가지지만 해내지 못하는 이들에게 독서모임이라는 장을 열어 책을 읽도록 독려하는 일은 재미있고 의미있는 일이었다.

내 꿈은 언제나 책과 함께 자라났다. 이십 대에 만난 책들은 NGO 활동가라는 꿈을 심어주었다. 마흔쯤에는 몇 권의 책과 독서모임을 만나 또 다른 꿈을 발견했다. 독서를 즐겁게 하도록 독서의 장을 여는 사람이 되겠다는 꿈이었다. '평생 독서모임만 해도 좋겠다'는 엉뚱한 꿈으로 가슴이 간질거렸다. 사람들과 함께하면서 그들과 긍정적인 영향을 주고받으며 성장하는 것. 이것이 나에게 새로운 소명이 되었다. 독서 성장 커뮤니티 <성장해빛 프로젝트>의 리더로서 꿈을 향해 한 걸음씩 나아가고 있다. 돌아보면 책은 늘 내 인생의 등대였다. 꿈을 품게 하고 그 꿈을 이루는 길을 비춰주었으며 방황할 때마다 방향을 제시해 주었다. 인생의 갈림길마다 운명처럼 나타난 책들, 그리고 그 책들에서 얻은 용기로 한 걸음씩 전진해 온 과거의 내가 참으로 고맙다. 이제 나는 설렘 가득한 마음으로 새로운 책과 사람을 기다린다. 앞으로 내 인생의 새로운 장을 함께 써 내려갈 책들을 생각하면 벌써 가슴이 따뜻해진다.

독서로 세상을 마주하다

(장순미)

나는 종이에 낙서하는 것을 좋아했다. 그림도 그리고, 글씨도 쓰다 보면 낙서장은 만화의 한 장면 같기도 하고 삐뚤빼뚤 글씨를 쓰다 보면 낙서장은 글자들의 나라가 되기도 한다. 이렇게 쓰다 보면 세상에서 처음 보는 예쁜 글자들을 만나기도 한다. 글씨 쓰는 것을 좋아하는 나는 캘리그라피를 취미로 시작했다가 자격증을 취득하면서 강사의 길을 가게 되었다. 많은 수강생을 만나고 가르치는 일은 즐겁다. 나만의 비결을 알려주고 수강생들이 성장하는 모습을 보면 마음이 뿌듯하다. 캘리그라피는 단순히 글씨를 예쁘게 쓰는 그것뿐만 아니라 심리적인 안정과 감성의 터치가 있다. 수강생들이 캘리그라피 수업은 힐링의 시간이라는 이야기를 종종 한다. 즐겁게 수업을 하다 보면 나만이 가진 비결들을 더 많은 사람들에게 알려주고 싶어졌다. 초보자들도 쉽게 따라 할 수 있도록 나만의 책을 만들고 싶다는 막연한 생각을 했다. 어느 날, 수강생이 선생님은 캘리그라피 책을 만들 생각이 없냐며 물었다. 선생님이 잘 알려주시니 책으로 내면 많은 사람들에게 도움이 될 거라는 이야기를 했다. 순간, 그동안 캘리그라피 책에 대한 막연한 생각을 했었는데 수강생의 이야기를 통해 책을 빨리 만들어야겠다는 생각을 했다. 나는 가슴이 뛰기 시작했다. 이날부터 캘리그라피 책을 어떻게 만들지 고민을 하기 시작했다.

자기계발 책을 여러 권 보게 되었다. 책에서는 작가들의 성공 이야기들이 가득했다. 자신이 잘하는 일을 찾아 경험하면서 얻은 지식이나 성공비결들을 전자책을 써서 알리기도 하면서 판매도 했다. 전자책이 어떤 것인지, 어떻게 써야 하는지 찾아보게 되었다. 전자책은 종이책이 아닌 디지털 책을 의미한다. 한번 다운을 받으면 언제, 어디서나 볼 수 있는 간편함 때문에 사람들이 많이 이용하고 있었다. 전자책은 소설뿐만 아니라 분야들도 많았다. 그동안 책을 쓰는 사람들은 전공자들이거나 타고난 능력이 있는 사람들이라는 생각을 했는데 일반인들도 쓰는 것을 보고 놀랐다. 전자책들을 보면서 나도 할 수 있다는 자신감이 생겼다. 나만의 비법서를 담아보고 싶었다.

내가 보는 세상은 일부분이지만 책을 통해 보는 세상은 정말 넓고 다양했다. 다양한 세상을 마주하면서 어떻게 하면 좋을지 물음이 생겼다. 전자책을 쓰기로 마음먹었지만 어떻게 써야 하는지 막막했다. 세상 속에서 내가 뛰어넘어야 할 많은 장벽들 속에서 어떻게 극복하는지는 오로지 나의 몫이었다. 전자책을 쓰는 건 낮설고 어려웠다. 캘리그라피는 글자뿐 아니라 나의 캘리 서체를 함께 넣어 설명을 해야 하기 때문에 시간이 오래 걸렸다. 캘리그라피를 쓰고 사진을 찍으면서 책에 담는 과정을 반복하면서 혼자서 끙끙대며 덤볐지만, 속도를 전혀 내지 못했다. 그래서 전자책을 만드는 모임을 찾기 시작했다. 한 달 동안 전자책 쓰는 모임을 발견하고 신청을 했다. 모인 사람들은 모두 나처럼 자신이 잘하는 것들을 알리기 위해 모인 사람들이 많았다. 모두 열정들이 대단했다. 서로 응원하며, 격려하면서 전자책 쓰는 속도는 빨라졌다. 쓰면 쓸수록 좋은 전자책을 쓰고 싶었다. 다른 사람들의 책들을 참고하기 위해 서점을 많이 다녔다. 기존의 책들과 차별을 주기 위해 나만의 색을 담아야 했다. 전자책을 쓰기 위해 고민은 계속되었다. 유명 캘리그라퍼의 유튜브와 영상을 찾아보면서 연습 또 연습하면서 초보자들도 쉽게 할 수 있도록 서체를 연습했다. 서체 연습과 동시에 설명을 담은 글을 썼다. 너무 어려웠다. 하루에도 여러 번 전자책 꼭 써야 하는 건 아니니 포기하고 싶은 마음이 들었다. 나의 모든 일을 잠시 내려놓고 전자책 쓰기에만 몰입했다. 한 달이라는 시간은 순식간에 흘러갔다. 전자책을 완성하고 크몽에 등록까지 마치면서 내 안에 기쁨과 해냈다는 자신감이 벅차올랐다.

책을 통해 알게 된 전자책을 만들면서 가르치는 일에도 자신감이 생겼다. 이 일로 나는 한층 더 성장했다. 이젠 내 전자책을 사람들에게 어떻게 알릴지 방법도 생각해야 했다. 내 주위에는 전자책이 무엇인지 모르는 사람들이 많았기 때문에 나 스스로가 찾아야 했다. 책을 열심히 찾아보았다. 직장과 육아 생활만 하던 주부가 내 전자책을 사람들에게 알리는 게 처음이다 보니 어디서부터 시작해야 할지 고민이 되었다. 도서관에 가서 책을 봤다. 책의 작가들은 모두 자신만의 온라인 마케팅이 있었다. 블로그나 인스타 등 자신이 가진 특기들을 홍보할 수 있는 곳이 있었다. 나는 그동안 방치되었던 블로그를 다시 들여다보았다. 온라인으로 홍보할 수 있는 곳이 블로그밖에 없어서 다시 포스팅하기 시작했다. 제일 먼저 나를 알리고 캘리그라피 포스팅을 하기 시작했다. 전자책도 같이 알렸다. 꾸준하게 포스팅을 하고 나니 사람들이 관심을 보였다. 캘리그라피를 배우고 싶다는 사람들도 생겨나기 시작했다. 책에서 이야기했던 나를 알리는 공간이 있어야 한다고 해서 그대로 했더니 사람들이 모이기 시작했다. 온라인으로 캘리그라피 챌린지를 만들어 모집 광고를 했다. 10명의 신청자가 있었다. 신기하면서도 감사했다. 캘리그라피 챌린지는 21일 동안 매일 아침 쓸 문구를 보내고 쓰는 방법도 알려주었다. 저녁에는 한 명 한 명 모두 피드백을 해주었다. 캘리그라피 챌린지를 시작하면서 나의 일상은 부지런해졌다. 그리고 작은 수익도 생겼다. 보너스를 받는 것 같아 행복했다. 내 포스팅을 보고 외부 수업 문의가 들어왔다. 블로그라는 공간에 나를 알렸을 뿐인데 사람들이 찾아오고, 문의가 들어오는 게 신기했다. 나는 온라인뿐만 아니라 오프라인으로도 바쁜 삶을 살았다. 무거운 가방을 들고 단체 수업하기도 하고, 1대 1일로 알려주기도 했다. 성인뿐만 아니라 학생에게 캘리그라피 수업을 하면서 행복함은 더해갔다.

책은 나의 스승이 되었다. 모르는 것을 알려주고, 어떻게 해야 하는지 모르면 책에서 해답을 찾았다. 그리고 행동으로 옮겼다. 전자책을 쓰라고 해서 한 달 동안 부지런히 썼다. 쓰고 나니 뿌듯함이 있었다. 전자책을 통해 작은 수익도 생겼다. 이제 전자책은 나를 소개하는 명함이 되었다. 전자책 홍보를 위해 나만의 마케팅인 블로그에 열심히 글을 올렸더니 사람들이 찾아왔다. 지금도 꾸준하게 블로그를 하고 있다. 다른 온라인보다 시간이 오래 걸리지만 문의가 들어와서 수익형 블로그가 되었다. 책 속에서 사람들이 하는 것을 그대로 따라 했더니 온라인으로 만나는 사람들이 생기고, 나라는 사람을 알리며 내가 가진 것들을 나눌 수 있게 되었다. 나는 다른 사람들에 비해 모르는 것도 많고, 새로운 것을 빨리 습득하기 위해서는 시간이 오래 걸린다. 마흔 후반인 나이가 되다 보니 세상의 빠름을 쫓아가기 어렵다. 그러나 책이 있기에 조금은 힘이 난다. 모르면 책에서 찾으면 된다. 독서를 통해 새로운 것을 알아가는 기쁨은 크다. 책에서 사람들의 기발한 생각과 독창적인 생각들을 보게 되면 또 하나의 배움이 된다.

나는 작은 틀 안에서 지내는 평범한 삶을 살았다. 가정과 아이들 그리고 직장이라는 평범한 삶이었지만 책을 만나고 세상의 넓은 면을 다시 마주하게 되었다. 독서를 통해 세상의 사람들을 만났다. 예전에는 아이의 학교 엄마, 옆집 엄마밖에 모르던 나였다. 독서를 통해 그대로 따라 하면서 온라인으로 만나는 사람들이 생겨나기 시작했다. 특별한 것이 없어서 나를 소개할 때면 누구의 엄마라고 소개했는데 지금은 전자책과 온라인에서의 활동으로 나를 소개한다. 독서를 통해 조금씩 세상을 알아가고 있다. 다양한 세상 속에서 어떻게 해야 할지 모를 때면 독서는 길잡이가 되어준다. 조금은 서툴러 성과가 바로바로 눈에 보이지 않지만 독서를 통해 즐거운 세상을 마주하게 된 것 자체만으로도 감사하고 즐겁다. 이 즐거움을 함께 할 수 있는 사람들이 점점 많아져서 감사하다. 독서로 세상을 마주하게 되고, 다양한 사람들로 엮어지는 내 삶이 기대된다. 독서는 평범한 삶에서 넓은 세상으로 나를 이끌어 주었다.

10

나를 일깨움, 또 다른 시작
(최서윤)

책을 읽으면서 좋은 변화들이 찾아왔다. 나를 돌아보는 시간이 생기면서 스스로 통제할 수 있는 여유가 생겼다. 긍정적인 가치관의 변화. 마음의 안정. 삶을 겸허하게 바라보는 태도. 다시 일어서는 용기는 내게 다시 꿈을 주었다.

나는 감수성이 예민하고 은근히 소심하고 상처도 잘 받는다. 직업상 사람들을 상대하다 보니 말수가 많아졌지만 나는 이래 봬도 MBTI는 그때나 지금이나 I이다. 직장 동료가 20대에는 나에게 이렇게 말하기도 했다. "말씀이 없으세요." 그때의 내가 나는 상상이 안 된다. 지금은 사람들이 나를 E로 착각한다. 서비스직을 오래 하다 보니 사교성 좋은 말 많은 I로 변한 걸까? 기억 속에서 희미한 20대의 나는 어떤 사람이었나. 지난 그 시절 일기장을 보면 나의 비전과 목표 꿈에 대해서 아주 명확하게 적어놓았더라. 지금 보니 그때의 내가 대견하다. 편입 준비한다고 아르바이트하며 학원비를 벌고 학원 끝나고 아르바이트가 늦을까 봐 뛰어가며 꿈을 좇아 살던 내가 나는 기특하다. 나보다 예쁘고 잘사는 애, 공부 잘해서 똑똑한 애, 부모 잘 만나서 용돈 많이 받는 애, 나는 안 부러웠다. 그만큼 나는 나 자신을 사랑했었고, 소심한 면과 다르게 자신감은 넘치고 자존감은 높았다. 나에 대해서 잘 안다고 하는 사람들은 지금도 나를 열심히 사는 애라고 말한다. 김중배의 다이아몬드 따위는 필요 없다며, 내 삶을 개척해서 멋진 여자가 되어야겠다고 생각했던 시절이었다.

그때의 나, 나의 꿈과 자존감은 어디로 가고 나는 왜 지금 여기 있나 한탄스러웠다. 30대에는 열심히 산다고 했지만, 좌절과 실패를 경험하고 인생의 달콤함과 쓴맛도 경험했다. 그냥 사는 대로 살기 위해 급급했고 그렇게 정신없이 흘러간 나의 30대는 내 뜻대로 안 되는 일들과 삶에 치여서 고된 날들의 연속이었다. 나는 점점 위축되기 시작했고 나의 자신감은 어느 틈에 바닥을 치고 있었다. 지금 와서 돌아보면 혈기 넘치는 20대에는 나는 자신감은 넘쳤지만, 철부지였고 30대는 꿈을 위해 열심히 정진했지만 많은 후회와 미련이 남아있었다. 30대 끝 무렵, 결혼과 출산 후 나는 내 삶의 방향성을 잃어가는 삶을 살고 있었다. 불혹이 된 지금 더 이상 이렇게 살 수만은 없었다. 뭔가 지금보다 더 괜찮은 사람이 되고 싶었고, 나를 다시 찾고 싶었다. 나는 돌파구를 찾기 위해 책을 들었고, 책에는 길이 있을지도 모른다는 마음으로 그렇게 책을 읽기 시작했다. 독서는 나에게 돌파구였다. 처음에는 책을 정독하는 게 쉽지 않았고 마음가짐처럼 쉽게 책을 읽을 여유도 생기지 않았다. 요리조리 핑계를 대가며 미루기도 하였다. 여유가 없어서 책을 못 읽는 건 핑계다. 어떻게든 책을 읽어보자는 마음으로 틈틈이 쉬는 시간이나 짬이 나면 책을 펼치기 시작했다. 차츰 그렇게 책을 보는 날들이 늘어나면서 놀라운 변화가 생겼다.

독서를 하면서 나 자신을 돌아보는 시간과 마음의 여유가 생겼고, 지난 시간 동안 달려왔던 나의 인생길을 돌아보기 시작했다. 나는 정작 나 자신을 돌아볼 여유 같은 건 없었던 것 같다. 좋아진 점은 나에 대해 객관적인 평가를 할 수 있게 되었다. 나 자신을 그전보다 객관적인 시각에서 바라볼 수 있게 되었고, 나만의 생각에서 벗어나 시야를 좀 더 넓게 볼 수 있었다. 독서를 하며 과거에 얽매여 있던 나는 미래지향적인 사람으로 바뀌었고 부정적으로 생각하던 성향에서 모든 것에 긍정적인 면을 더 먼저 찾아보는 성향으로 바뀌어 갔다.

나 자신을 컨트롤할 수 있는 통제력도 생겼다. 마음에 안 드는 것이 있으면 나는 그것이 될 때까지 파고들어야 직성이 풀리는 면이 있었으나. 이제는 나 자신의 한계를 설정하고 안 되는 건 안 되는 거라는 마음으로 내려놓을 줄 알게 되었고, 그럴 수도 있겠거니, 내 뜻대로 내 욕심대로만 세상사가 굴러가는 건 아니라는 마음가짐을 가지게 되었다. 부정적 사고보다 긍정적인 사고로 바뀌어 가면서 가치관에도 변화가 생겼다. 나 자신을 컨트롤하고 수용할 줄 아니 타인에 대해서도 보다 더 수용적으로 되었고 수용적인 자세로 임하게 되니 생각과 가치관도 그전보다 훨씬 유한 부드러운 사람이 되어 갔다. 무기력하고 힘든 순간이 생기면 나는 책을 들었고 책을 읽는 동안은 내 마음에 평정심이 찾아들었다. 독서가 이리 좋은 것이라는 걸 깨닫는 순간이 찾아왔다. 독서와 친해지면서 과거는 내가 바꿀 수 없는 것들이나 미래는 내가 바꿀 수 있다는 마음이 자리 잡기 시작하며 나의 일상에도 다시금 긍정의 에너지와 평정심이라는 마음가짐이 생겨나기 시작했다.

마음의 평온이 찾아오니 스트레스도 줄었다. 아직도 이따금 머리가 복잡한 일이 생기거나 더 현명한 해답을 구하고자 할 때 나는 독서를 한다. 책 속에는 길이 있다. 그렇다고 책이 다 인생의 정답은 아닐 것이다. 하지만 앞으로 나아갈 방향성을 제시해 주는 데 도움이 된다.

책 속에서 자신들의 생각과 견해로 이야기를 저술하거나, 편저하는 이들을 보면서 다른 이의 생각에 공감할 수 있었고 다른 사람들의 이야기는 나만의 세상에 갇혀서 그동안 하루하루 육아하며 살아가는 나에게는 사막의 오아시스와 같았다. 책 속에는 내가 알지 못하는 또 다른 세상이 있었고 나에게는 새로운 세상이 열렸다. 독서의 유용한 면은 이런 변화뿐만이 아니라, 지식의 확장에도 도움이 된다. 내가 알지 못했던 견해에 대해서 알 수 있고, 생각의 폭이 깊어지면서 지식도 얻고 지혜까지 얻게 되는 셈이다.

지식을 많이 가지고 있어도 그것을 제대로 활용하지 못한다면 무슨 소용이겠나. 지식을 지혜롭게 활용할 수 있어야 한다. 독서는 지식과 지혜 습득이라는 일석이조의 효과가 있다.

독서를 통해서 가장 달라진 것은 삶을 바라보는 태도가 달라지기 시작했다. 삶을 바라보는 태도의 변화는 나에게 다시 일어서는 힘을 주었다. 하루하루 아이가 커가는 것을 보며 엄마라는 세상을 보고 아이도 커 간다는 걸 느꼈다. 나를 보며 웃고 미소 지으며 엄마와 함께 제일 많은 시간을 보내는 내 아이가 바라보는 세상이 좀 더 밝게 빛났으면 했다. 내가 더 이상 주저앉아 있을 수는 없다. 나를 보며 크는 우리 딸을 보면서 그렇게 생각을 바꿔나가기 시작했다. 아이에게 좋은 부모와 현명한 아내가 되고 싶었다. 내게 주어진 인생이며 나의 삶을 좀 더 겸허한 마음으로 주어진 것들에 감사하는 마음을 가져보자고 생각했다. 더 이상 아플 수만도 없었다. 영양제를 털어 넣고 몸에 좋다는 것들을 챙겨 먹고 체력 관리를 하기 시작했고, 마음이 약해질 때마다 독서로 내 마음을 달래주며 책 속에서 해답을 구하기도 했다.

독서는 마음의 여유를 주고 그 여유로움은 나 자신을 돌아보는 시간을 주었다. 나 자신을 돌아보게 되니 지난날의 내가 보였고 더 나은 해결책도 보였다. 마음의 평온함이 찾아오니 힘든 순간 나의 중심을 다시 잡고 일어설 힘이 생기고 다시 도전할 수 있는 용기는 내게 다시 삶을 살아갈 수 있는 꿈을 꾸게 해주었다. 그렇게 독서는 내 삶에 스며들어 나를 일깨워 주고 내가 무언가 다시금 이루고 싶은 꿈을 꾸게 해주는 또 다른 시작점이 되지 않았나 싶다.

제3장.

독서할 때 어렵다면 이렇게 해보세요

독서에도 슬럼프가 온다

(황유진)

책 보는 걸 좋아한다고 하지만 언제나 좋았던 건 아니다. 독서에도 슬럼프가 온다. 슬럼프는 공부하다가도 오고, 다이어트의 정체기 구간에서도 온다. 슬럼프는 열심히 애쓰고 노력하다 보면 만날 수 있는 일이지 큰 문제는 아니다. 중요한 건 얼마나 빨리 벗어나느냐 하는 것이다. 독서도 마찬가지다. 잘 읽히던 책이 눈에 들어오지 않고, 독서를 하던 시간에 핸드폰을 붙들고 있거나, 멍 때리며 시간을 흘려보내게 되는 시기가 한 번씩 오곤 한다. 독서는 의무적으로 해야 하는 과제가 아니다 보니 책을 보려고 애쓰지 않았다. 읽히지 않는 책을 붙들고 있어서 뭐 하나 싶었기 때문이다. 그럴 때는 책을 보더라도 눈에 잘 들어오지 않았고, 좋은 문장이 내 마음으로 와닿지 않으니 책을 내려놓는 일이 어렵지 않았다.

수능을 준비하다 슬럼프가 왔을 때 공부에 집중이 되지 않았다. 벗어나려고 애쓸수록 지치기만 했다. 그때 친구가 슬럼프는 당연히 올 수 있지만 계속 다운된 채로 있으면 안 된다고 말했다.

다시 컨디션이 끌어올려지는 순간이 올 테니 그걸 놓치지 말라고. 나는 그 말을 듣고도 놓치지 말아야 할 때가 언제인지 모르겠다고 생각했다. 수능도 그랬는데 책은 어땠겠는가. 슬럼프가 올 때마다 기꺼이 다음으로 미루었다. 읽히지 않으면, 보고 싶을 때 보면 되는 거라고 생각했기 때문이다. 한 번 떠난 마음은 내가 애쓴다고 돌아오는 게 아니라고 여겼기에 노력하지 않았다. 독서를 쉬다가 결국 책으로 돌아오게 된 것이 기적이었다.

읽히지 않는다고 책을 내려놓으면 어떻게 될까? 언젠가 자연스럽게 다시 책이 재미있어질까? 물론, 다시 자연스럽게 책에 흥미가 생길 수 있다. 다만, 그렇게 되기까지 제법 오랜 시간을 보내야 할 것이다. 그것도 아니라면 예전엔 나도 책 좀 읽었었는데 하는 추억만 떠올리게 될 수도 있다. 수능을 준비하다가 슬럼프가 오면 기를 쓰고 벗어나야 한다는 의무감과 부담감을 가진다. 수능 날짜가 정해져 있기 때문이다. 하지만 다이어트 정체기는 다르다. 아무도 강요하지 않기 때문이다. 만약 보디 프로필을 찍기로 한 날짜가 정해져 있다면 달라질 것이다. 이처럼 마감일이 있다는 것은, 나를 움직이게 하고, 슬럼프를 대하는 자세도 달라지게 한다. 하지만 독서의 마감일을 무엇으로 정할 것인가? 한 달, 혹은 1년 목표로 몇 권의 독서를 하겠다는 자신의 다짐이 있을 뿐이다. 때문에 기꺼이 다음으로 미루어도 별 부담이 없다.

그럼 나는 어떻게 다시 책으로 돌아왔을까? 지나간 시간을 짚어보니 책으로 돌아오게 되는 계기들이 있었다. 주의 깊게 살피지 않았기 때문에 슬럼프에서 벗어날 수 있던 순간들을 미처 눈치채지 못했다. 그렇게 몇 번인지 알 수 없는 기회의 날들을 흘려보내고 다시 책이 손에 잡힐 때까지 나는 책을 보지 않았다. 친구의 조언을 기억하고 관심을 두었다면 더 빨리 책을 찾을 수 있었을 것이다. 하지만 그렇게 하지 못했기 때문에 스쳐 지나가 버린 기회가 아쉽다.

책에서 멀어지니, 독서를 하던 시간은 다른 것들로 채워졌다. SNS와 유튜브가 그 주인공이었다. 킬링 타임에 이만한 게 없었다. 알고리즘에 따라 줄줄이 나오는 다른 사람의 일상과 요즘 유행하는 것들을 들여다보며 시간을 흘려보내는 것이다. 드라마나 영화를 보면서 생각이나 고민 없이 하루하루를 보냈다. 그러면서도 뭐라도 해서 돈을 벌고 싶다는 생각은 계속했고, 유튜브 알고리즘은 돈 버는 이야기를 보여주었다. 그런 영상 속에도 책이 나왔다. SNS에서도 마찬가지였다. 친한 사람이 책을 읽고 적은 리뷰에 처음엔 하트만 누르다가, 어느 순간 궁금해지는 책을 만나게 되었다.

결국 관심사를 회복하는 게 먼저라는 걸 알게 되었다. 유튜브나 SNS를 보면 궁금해지는 책을 만난다. 그때가 책을 다시 찾을 수 있는 계기가 되었다. 책에 흥미가 생겼다 해도 바로 주문해서 읽게 되지는 않았다. 온라인 서점에서 책의 서문과 목차를 미리보기로 슬쩍 훑어보기만 했다. 그것만으로도 책의 내용을 간단하게 예측해볼 수 있었다. 그러다 보면 목차의 어느 한 부분이 유난히 궁금해지는 지점을 만나기도 했다. 아이랑 책을 보러 도서관에 간 김에 염두에 둔 책을 찾아보고, 서가에 다른 책은 뭐가 있는지 제목과 표지만 살펴본다. 관심 있던 책의 옆에는 비슷한 주제로 정리가 되어 있기 때문에 내 눈을 더욱 사로잡는 다른 책이 있을 수 있다. 도서관이 아니라 서점에 가도 그랬다.

어디든 책이 많은 곳에 가서 서가를 구경하는 것은 책에 관심을 두게 되는 기회가 된다. 광고는 반복해서 노출된다. 처음엔 별로 궁금하지 않아서 건너뛴 광고라고 하더라도 계속 보다 보면 광고를 누르기도 한다. 마찬가지로 독서를 하지 않더라도 책 표지를, 목차를 자꾸 들여다보면 다른 곳에서 봤던 기억이 떠오르고 어느 순간 읽게 된다. 누가 이 책을 봤다고 했는데, 어디 도서관에서 사서 추천 도서로 붙여놨던데 하는 사소한 장면들이 겹쳐서 책을 손에 들게 되는 것이다. 마침 잡은 책이 제법 흥미를 당기는 구석이 있다면 읽어볼까 하는 마음이 생긴다. 그 변화가 바로 슬럼프를 벗어난 신호다.

공부도, 다이어트도 슬럼프가 온다. 연애하다가도 권태기가 온다. 모든 상황 속에서 우리의 열정은 마르지 않는 샘이 아니기 때문이다. 지치는 상황이 올 때마다 그 상태로 계속 머문다면 결국 은 포기하게 될 것이다. 슬럼프를 극복하고자 하는 의지는 다른 누가 심어줄 수 없다. 변화할 수 있지만, 변화하겠다는 의지는 온전히 내 몫이다. 그 의지가 생겨야만 슬럼프를 벗어나는 파도에 오를 수 있다. 수능의 결과도, 다이어트의 결과도 오롯이 나만의 것이다. 권태기가 왔을 때 포기하고 싶다면 연애는 끝나고 관계의 마침도 내가 감당해야 한다. 하지만 반대로 포기하지 않는다면, 그 결과는 감당해내야 하는 문제가 아니라 누릴 수 있는 성과로 바뀌게 될 것이다. 그러니 슬럼프가 왔다면 전환점에 서 있는 셈이다. 다음 파도를 타고 오르면, 내가 어디까지 갈 수 있을까?

일단 시작하는 마음으로

(서정아)

무엇을 읽을지 고민하며 머릿속에서 이리저리 재고 따지는 동안 오히려 책 읽기가 점점 더 싫어질 때가 있다. 그럴 때면 최근 관심이 있는 주제를 떠올리며 책을 고른다. 관심사에 따라 책을 고를 때 몰입도와 즐거움이 높아진다. 아이들만 봐도 그렇다. 호기심을 가지고 책을 볼 때면 곧잘 몰입하고, 반복해서 보길 꺼리지 않는다. 첫째는 역사를, 둘째는 축구 도서를 찾아보고, 나는 심리나 코칭, 마음 돌봄 책을 주로 읽는다. 이처럼 관심사에 따라 책을 고르면 독서가 훨씬 쉽고, 거부감도 준다. 때로는 책의 두께나 난이도를 보고 겁먹기도 하지만, 좋아하는 주제라면 부담감이 자연스럽게 사라진다. 관심사가 자주 변해도 걱정이 없다. 그때그때 마음이 끌리는 책을 골라본다. 한때 김영하, 폴 오스터, 알랭 드 보통, 위화와 같은 작가들의 책에 빠져 있었다. 작가들의 글을 따라가다 보면 그만큼 읽고 싶은 책이 생기며 작가에 대한 호기심도 커져 독서를 지속하는 데도 도움이 됐다. 작가 중심의 독서 말고도 출판사를 정해두는 것도 괜찮은 방법이다. 분야별로 선호하는 출판사 몇몇을 정해두고 신간을 찾아본다. 출판사마다 고유한 특색과 편집 방향이 있어서, 한 번 신뢰하게 된 출판사의 책들은 대체로 나의 취향과 잘 맞았다. 이런 방식은 책을 고르는 고민을 덜어주고, 나에게 맞는 책을 만날 확률을 높여 준다. 독서의 시작을 수월하게 해준다.

책을 읽을 때 목적을 분명히 하면 속도와 양, 질까지 높일 수 있다. 예를 들어, 새로운 분야를 공부할 때는 개론서나 입문서를 먼저 본다. 특히 전공교재로 쓰이는 책을 선택하는 게 도움이 되었다. 교재용 도서는 기초 개념을 잘 정리해 놓았기 때문에 빠르게 전체적인 그림을 파악할 수 있게 도와준다. 심화 내용을 담은 전문 서적을 읽기 전에 개론서를 읽는 것이 효율적이다. 개론서로 핵심 용어와 개념들을 먼저 익히고, 전문적인 내용을 접하면 수월하게 내용을 이해할 수 있었다. 책을 읽다 보면 반복해서 인용되는 책이나 추천되는 책이 등장할 때가 있는데, 이를 찾아 읽으면 깊이 있는 독서로 이어진다. 여러 책을 동시에 읽는 방법도 효과적이다. 필요한 책을 몇 권 선정해 놓고, 그 책들을 번갈아 가며 읽는 방식은 중요한 정보를 체계적으로 파악하는 데 도움이 된다. 모든 책을 처음부터 끝까지 완독할 필요는 없다. 기대했던 만큼 정보가 없다면 필요한 부분만 읽고 나머지는 과감히 건너뛰는 것도 좋은 선택이다. 필요한 부분을 충분히 얻었다면 그 자체로도 독서는 성공적이다. 오히려 완독하려는 집착이 독서에 대한 부담감을 만들어 내기도 한다. 책을 쉽게 이해할 수 없다면 좀 더 쉬운 책을 먼저 읽어보거나, 내가 관심 있는 부분만 골라 읽으며 서서히 이해를 넓혀가는 방법을 시도해 볼 수 있다. 이러한 과정에서 우연히 한 책의 내용을 이해하게 되거나 새로운 깨달음을 얻는 순간들이 찾아오기도 한다. 이런 순간이 독서의 즐거움을 키워준다.

독서를 꾸준히 이어가는 방법은 매일 짧게라도 책을 읽는 것이다. 긴 시간을 내기 어렵더라도 매일 5분이라도 책을 펼쳐보는 것이다. 하루 중 책을 읽는 시간을 정해두면 독서가 일상에 자연스럽게 자리 잡는다. 주로 이른 아침, 책을 읽으면서 하루를 시작한다. 컨디션이 좋지 않은 날에도 짧은 글이라도 읽는 것을 목표로 삼는다. 매일 책을 손에 잡고 읽는 시간을 만들어 낸다. 대중교통을 이용해 직장을 다녔을 때는 출퇴근 시간에 틈틈이 얇은 책을 들고 읽었다. 지금은 집과 직장이 가까워졌지만, 출근 직후 잠깐의 시간을 이용해 책을 읽는다. 보통 5분 정도 에세이, 시처럼 가볍게 읽을 수 있는 책을 선택한다. 운동 전 스트레칭을 하는 것처럼 짧은 글을 읽는 것은 긴 글을 읽기 전 집중력을 높이는 효과도 크다. 외근이 있는 날이면 반갑다. 이동하는 시간이 책을 읽는 시간이 되니까. 하루 중 독서 시간을 충분히 확보하기 위해서는 아이들이 책을 읽는 시간을 활용한다. 주로 잠자기 전, 아이들이 책에 집중하는 시간에 나도 책을 읽는다. 아이들이 활동하는 시간에는 책을 읽고 싶어도 집중하기 어려우니, 아이들이 책을 읽는 시간을 내 독서의 시간으로 활용하는 것이다.

독서를 방해하는 요인 중 하나가 책을 많이 사두는 거였다. 할인이나 적립을 더 받기 위해서 불필요하게 책을 추가로 구매하고는 했다. 사 놓고 열어도 보지 못한 책이 쌓여가면 스트레스도 함께 쌓였다. 읽지도 않은 책들이 책장에 가득한 모습을 보면 죄책감마저 들었다. 책을 소장하는 데 욕심을 부리지 않기로 했다. 부담을 줄이기 위해, 필요한 책만 샀다. 다시 볼 책이 아니라면, 도서관에서 빌리거나 전자책을 통해 가볍게 읽는다. 온라인 서점 장바구니에도 책을 담아두지 않는다. 새로 빌리거나 산 책은 일주일 내에 읽기로 하고, 한 번에 4-5권 이상 사거나 빌리지 않는다. 읽어야 할 책을 쌓아두지 않으니 독서가 부담되지 않는다. 우리 집은 매달 한 번 서점에 함께 가는데, 아이들도 4-5권 내에서 책을 산다. 권수를 정해주니 아이들은 매달 서점에 가는 날을 기다린다. 새로운 책을 기다리는 마음이 커지는 것 또한 독서의 즐거움이다. 기다리는 설렘이 읽는 즐거움이 된다.

독서는 그 자체로 즐거운 경험이 된다. 얻는 결과나 효용을 너무 따지지 않아도 괜찮다. 어릴 때 재미있어서 읽었던 책들처럼 기쁨을 느낄 수 있다면 어떤 종류든 좋다. 책을 고를 때도, 읽을 때도 쓸모보다 그 시간에 느끼는 즐거움이 먼저다. 의미 있는 책을 읽어야 한다는 부담감을 버리고, 읽고 싶은 책을 골라 첫 장을 넘기면 독서가 시작된다. 무슨 이유여도 좋다. 궁금했던 주제, 좋아하는 작가의 신간, 표지가 마음에 들어서, 책이 얇아서. 누군가 정해준 기준이 아니라 지금 눈에 띈 책 한 권이면 충분하다. 뭐라도 일단 시작하면, 하는 방향으로 힘이 붙는다. 아침 5분, 저녁 5분. 꾸준히 반복하는 것. 하루치의 몫만 해내고 나면 된다는 가벼운 마음으로 독서를 시작한다. 하루의 짧은 독서 시간을 소중히 여길 때, 작은 성취감이 쌓여 어느새 더 많은 시간을 책과 함께 보내고 싶은 마음이 생긴다. 오늘은 어제보다 조금 더 책을 읽어내려는 마음이면 된다. 쉬운 시작이란 없기에 모든 시작과 시도를 응원한다. 끝까지 읽겠다는 다짐보다 책을 열고 한 장을 넘기는 그 순간에 집중해보자. 이 과정을 통해 독서는 자연스러운 일상이 되어 있을 테니.

이제는 나를 찾고 드러내기 위해 책을 읽는다

(강소이)

독서를 좋아하는 것만큼 책을 선물하는 것도 좋아한다. 가끔 장난기가 발동해서 어려운 책을 고르기도 하지만 상대의 취향을 고려해서 신중하게 선택해본다. 읽을 책을 선택하기 위해 고르는 것이 아니라 편한 마음으로 쇼핑하듯 책 제목을 읽다 보면 나의 성향을 알 수 있다. 책 호불호가 드러난다. 내 눈에 들어온 책을 눈여겨 봐둔다. 나의 관심 분야가 무엇인지 기억해둔다. 책을 선택해야 할 때, 그때 봐둔 책 위주로 먼저 읽기 시작한다.

눈으로 읽다가 집중이 되지 않을 때는 메모도 하고 밑줄도 긋는다. 생각이 적힌 책을 내가 쓴 일기라도 되는 것처럼 숨긴다. 어느 문장을 중요하게 생각하는지, 어떤 부분에서 감동을 받았는지 공유하는 게 왠지 부끄럽다. 책을 읽는 순간이 온전히 솔직해지는 시간이기 때문인 것 같다. 책은 사람의 관심사와 취향을 은은하게 드러낸다. 요즘엔 북 커버로 책 표지를 덮어 제목을 숨겨 버리는 경우도 있다. 버스나 지하철, 카페 등 사람이 많은 장소에서 다른 사람이 쳐다보는 것이 싫을 때, 읽고 있는 책의 내용을 들키고 싶지 않을 때다. 책의 제목을 보고 내용을 파악하듯 사람도 짐작해버리는 대중의 눈이 의식되어서이지 않을까. 당당해지고 싶다가도 숨기고 싶어지는 이 마음을 어떡하지. 그럼에도 책 선택에 있어서는 온전히 나를 담아내고 싶다.

도서 선택은 자유다. 읽을지 말지도 내 결정이다. 도서관에서 인문학, 과학 서적 또는 정치 경제 쪽을 돌아다니다 보면 어깨가 펴지는 것 같다. 괜히 책장 앞을 왔다 갔다 해본다. 나를 봐줬으면 좋겠고 어깨가 으쓱거린다. 제목으로 대충 쉬워 보이는 책을 뽑아 든다. 목차를 읽는다. 음, 이 정도면 읽어 볼 만하겠다. 당당하게 대출카드를 찍고 집으로 돌아온다. 책은 2주 동안 가방 안에 그대로 담겨 있다. 반납 날짜에 맞춰 도서관에서 가방 밖으로 나온다. 반면 단편소설이나 에세이 등 비교적 쉽고 재미있는 책은 바로 읽는다. 그 자리에서 끝내 버리거나 하루 안에 해치워버릴 때도 있다. 아, 이게 나한테 맞는 책이구나. 책 선택 앞에서 허세는 소용이 없다.

책을 읽다 보면 나만의 유행이 있다는 것을 안다. 어느 시기엔 자기계발서로 잔뜩 어지럽혀져 있고 다음엔 에세이가 인터넷 서점 장바구니에 가득 차 있다. 다이어리에는 읽고 싶은 소설 목록이, 포스트잇에는 읽어야 할 경제 도서가 적혀 있다. 책장 한구석에는 아이가 어렸을 때 읽었던 육아서가 소중하게 꽂혀 있다. 유행 따라 베스트셀러 따라 읽기도 해봤지만 안 읽어지더라. 책 좋아하는 사람이라고 소문이 나서 주변에서 이 책, 저 책 읽어 봤냐는 질문도 자주 받는다. 대충 '네, 네' 했다가 들킬까 봐 괜히 대화 주제를 바꾸기 바빴다. 이제는 읽어보지 않았다고 당당하게 말한다. 재미없을 것 같던데요. 저한테는 어려울 것 같아서요. 나의 흐름대로 내 흥미에 맞춰서 읽는다. 사놓고, 빌려놓고 안 읽은 책이 여전히 많으므로. 책을 선택할 때 가벼운 마음으로 골라보자.

집에 쌓인 책부터 찬찬히 훑어본다. 손길이 가는 대로 하나씩 꺼내 읽어본다. 컴퓨터 앞에 앉아 검색한다. 요즘엔 어떤 책이 나오지? 그리고 시작된다. 다시 읽고 싶은 생각이. 다시 움직이고 싶은 마음이.

지금 읽지 않아도 사버린다. 3~5권의 책을 사고 나면 뿌듯하다. 저축통장이 여러 개 생긴 것만큼. 당장 쓸 수는 없어도 분명 나에게 힘이 되고 도움이 될 거라는 것을 안다. 한쪽 벽 가득 꽂힌 책들을 보며 제목을 차례차례 읽어 나가다 보면, 코로 숨이 들어오고 크게 터져 나오는 것이 느껴진다. 어떤 것을 알고 싶어서 선택했었는지, 또 무엇이 배우고 싶었는지 하나씩 떠올리다 보면 의지가 생긴다. 책이 나에게 의지를 준다. 지금 당장 이룰 수는 없지만, 시간이 걸려도 조금씩 읽다 보면 할 수 있을 거라는 의지. 내가 어렸을 때 경험했던 탈출구이자 숨통. 그 역사가 들어가 있는 책이라서 나는 책을 놓을 수가 없다.

숨 쉬듯 읽으려면 자연스러워야 한다. 손이 가는 대로 마음이 가는 대로 부담 없이 읽기를 이어 나간다. 식탁 위에도 두고 소파에도 둔다. 공기청정기 위에도 한 권, 안방 베개 밑에도 한 권. 외출하면서 그날 읽을 책을 못 고른 날은 현관 신발장 위에 둔 책을 쏙 잡아 나간다. 참, 주방 전자레인지 옆에도 한 권 꽂혀 있다. 보물찾기하듯 집안 곳곳에서 한 권씩 찾는 재미가 있다. 집중이 안 될 때 혹은 읽고 싶은 책이 한꺼번에 많이 생길 때는 여러 권을 쌓아놓고 읽기도 한다. 예전에 사람의 기억력이 15분이라는 것을 듣고 그 이후로 권당 15분씩 4권을 돌려가면서 읽은 적도 있다. 독서 방법도 시간도 내 스타일대로 나에게 맞는 방법을 찾아 시도해본다. 부담 없이 독서를 이어간다. 목차만, 읽고 싶은 부분만 선택해서 읽어도 좋은 게 책이다.

사람들을 만나서 수다를 떨면 웃음이 난다. 헤어지고 나서 집으로 돌아오는 길에 엘리베이터를 기다리는 사이 그 웃음이 사라진다. 거울에 비친 내 모습에서 공허함이 느껴진다.

책 한 권을 산다. 두근거리는 마음으로 첫 장을 펴서 읽는다. 보이지 않아도 어떤 표정일지 감이 온다. 손이 움직인다. 거울이 아닌 펜을 찾는다. 아, 내가 할 수 있는 게 또 있구나. 적고 또 정리하면서 내일의 나를 계획한다. 책이 아까워서 손때라도 묻을까 봐 포장지로 신문지로 감싸놓고 읽을 때도 있었다. 지금은 그럴 시간도 없고 이유도 없다. 한 권에서 한 줄이라도 내 삶에 녹아들어 조금이라도 변화가 생긴다면 그 책은 제 몫을 다했다.

새로운 사람을 만나면 조심스럽게 탐색하듯 나와 맞는 책이 무엇인지 알아가는 데도 시간이 걸린다.

옷집에서 예뻐 보여 고른 옷이 집에 와서 입어보니 어울리지 않는다. 불편해서 옷장에 그대로 걸어 놓는다. 나에게 맞는 옷인지는 입어봐야 안다. 책도 골고루 읽어봐야 알 수 있다. 사람들이 추천해주는 도서도 좋지만 나와 맞는지 알기 위해서 우선 읽어본다. 그러다 보면 고르는 기술이 생긴다. 책을 보는 눈이 생기는 것이다. 같은 분야의 비슷한 내용이라도 작가의 문체에 따라 내가 이해할 수 있는 정도가 다르다. 손이 가는 대로 마음이 시키는 대로 부담 없이 읽어본다. 한 줄 읽기가 어려울 만큼 이해가 되지 않거나 문장의 분위기가 나의 것과 맞지 않는 책이 나오면 다음을 기약한다. 책과 함께하는 시간이 쌓일수록 책 소화 능력도 함께 생긴다. 못 읽은 책에 대한 미련은 접어두고 다음으로 넘어간다. 독서의 즐거움을 알아가는 것. 그것만으로도 충분하다.

책의 힘을 빌려 나를 나답게 다듬어가는 중이다. 작아 보였던 모습을 감추고 어려움을 외면하기 위해 독서를 시작했다. 지금은 달라졌다. 나를 제대로 알고 드러내기 위해 읽는다. 내가 할 수 있는 작은 것부터 하나씩 찾아간다. 어떻게 하면 그 일들을 하나로 모아서 더 단단해질 수 있을지 생각한다. 내 곁을 떠난 적이 없는 가까운 친구. 어렵고 멀게 느껴질지도 모르지만 둘러보면 손닿는 곳에 있는 책. 취미가 독서라고 하면 지루한 느낌에 차분한 이미지가 떠올라서 선택하고 싶지 않았다. 독서는 어려운 것이고 조용한 것이라는 편견에 갇혀 있었다. 한 줄의 시에서도 커다란 웃음이 터져 나온다. 언어의 마술사들이 많다. 벽돌같이 두꺼운 책이 의외로 술술 읽히는 것도 있다. 직접 들여다보지 않으면 알 수가 없는 독서의 세계. 독서는 어렵지 않다. 시작이 어려울 뿐이니 찾아보자. 쉬운 것부터 만만한 것부터 그리고 지금부터.

결핍에서 시작한 독서는 무너진 탑도 다시 쌓을 수 있다

(고은진)

책을 좋아했고 잘 읽어왔지만, 스트레스가 많은 날엔 읽지 못했다. 그런 날은 애써 마음잡고 읽어도 글자만 읽느라 어떤 내용이었는지 잊어버려 앞장으로 되돌아가기 바빴다. 한동안 삶에 지쳐 아예 읽지 않을 때도 있었지만 다시 읽게 된 계기가 있었다.

2023년 철수가 9살이 되고 난 이후였다. 일주일에 보통 2, 3일 간격으로 아이에게 전화가 오는 통에 점점 전화 오는 게 무서워진 해였다. 하루걸러 걸려오는 전화를 받으면 오늘은 몸이 힘들어서 학원을 쉬고 싶고, 어떤 날은 운동 가기가 귀찮아서, 또 어떤 날은 친구와 말다툼을 했는데 속상해서 집에 가고 싶다고 울기도 했다. 다양한 이유로 연락이 오는 통에 구슬리는 방법도 다양해져 갔다.

돌봄교실이나 담임 선생님의 전화보다 차라리 아이의 이런저런 핑계 전화를 받는 게 나을 때도 있었다. 여자친구들과 트러블이 생겨 친구를 때렸다는 이유로 전화가 오는 것보단 말이다. 여자아이들이 몰려다니며 잔소리를 했다거나, 아이들이 규칙을 어길 때 말로는 이길 수 없어 무력행사를 하며 감정조절이 되지 않은 날엔 어김없이 돌봄교실 선생님과 담임 선생님의 전화가 번갈아 오갔다. 상대방 부모에게 사과 전화 후 때리는 일은 없게 하겠다고 사과 후 통화를 끝낼 때면 매번 가슴을 쓸어내렸다.

철수는 언어나 기억력 지수는 높지만, 사회성 지수가 낮아 아스퍼거 증후군과 비슷하여 ADHD 약을 3년째 복용하며 치료 중이다. 상대방의 기분보다 내 기분이 우선인 데다가 화가 나면 분노조절이 어려운 것이다. 한 달에 한 번씩 소아정신과 주치의와 상담하며 지켜보는 중이다.

상대방 부모와 통화하며 사과 전화 한 날은 터질 게 터진 것처럼 한없이 우울해졌다. 왜 이런 질환으로 이해할 수 없는 행동을 하는지 화도 났다가 한편으로 철수의 마음을 이해해주지 못한 것 같아 미안해지기도 했다. 철수가 이야기한 것 중에 내 마음을 후벼 파는 듯 아픈 날이 있었다. 3학년이 되고 학교에서 일찍 끝나 집에 혼자 있을 때면 외롭다고 울며 말한 것이다. 수시로 전화해서 학원 가기 싫다는 핑계로 여겼던 아이의 투정 속에 숨겨진 외로움을 외면한 건 아닌지 돌아보게 됐다.

소아정신과를 찾아가는 날이면 주치의를 붙들고 울었다. 주치의는 아이보다 나의 마음을 더 들여다보라 조언했다. 나도 상담을 받아보거나 철수의 마음을 이해해보기 위해 책을 찾아보는 것도 좋겠다는 말도 덧붙였다. 가만 보면 문제가 생길 때마다 찾던 책이었음에도 아이 질환에 관한 문제만큼은 책을 찾아볼 생각을 하지 못했다. 내 문제와 아이 일까지 겹치다 보니 책 내용이 눈에 들어오지 않았지만 생소한 질환에 대해 알아야 했기에 아이를 위해서라도 꾸역꾸역 읽어내기 시작했다.

아스퍼거에 관련한 책 중 <우리 아이는 조금 다를 뿐입니다 - 데보라 레버>를 보게 됐다. 여기선 ADHD의 아이들을 '두뇌 회로가 다른 아이들'이라 표현했다. 질환으로 생각한 게 그저 두뇌 회로가 다른 아이들이라니, 뭔가 받아들이는 게 편했다. 생각을 조금만 바꾸니 마음도 한결 나아졌다. 이 책을 접하지 않았다면 내가 이런 생각을 할 수 있었을까? 이 계기로 한동안 읽지 않은 책도 다시 펼치게 됐다.

아이들이 어릴 땐 책 한 권 두고 나란히 앉아 그림을 보며 이야기하는 게 큰 행복이었다. 아이들도 잠자리 독서를 해주지 않으면 잠들지 않겠다, 했을 정도로 좋아했으니 말이다. 그러다 점점 커가면서 각자 읽는 시간이 많아졌다. 하지만 사랑을 갈구하는 철수와 더 많은 대화를 하기 위해서라도 공감해주고 스킨십 할 수 있는 시간이 필요했다. 매일은 아니지만 따뜻한 이야기가 있는 그림책을 철수와 같이 보면 머리가 식히는 기분이 들었다. 10살이 됐어도 가끔 읽어줄 때가 있다. 두꺼운 이론서나 자기계발서를 읽는 것보다 그림책을 보고 있노라면 답답했던 생각이 열리기도 하면서 읽기도 쉬웠다. 철수를 이해하고자 책을 읽은 뒤로 독서가 편해졌다. 내게 아픈 손가락이자 결핍은 철수였다.

결핍을 책으로 해결하면서 다시 서점에 가기 시작했다. 서점에 가기만 해도 잘 정리된 베스트셀러들과 서점만의 향기가 좋았다. 옆에 있는 문구류를 구경하는 재미도 쏠쏠했다. 서점에 들어서면 고민이 있는 분야에 눈길이 제일 먼저 가곤 했다. 돈에 관한 고민이 생길 때는 경제 분야의 책들을 찾았다. 3학년이 된 철수의 글쓰기가 고민될 땐 육아서 코너의 책 제목들을 정독하곤 했다. 제목이 마음에 드는 것부터 골라놓고 목차를 대략 읽어보면 내 고민이 해결될 만한 책인지 알 수 있었다.

책이 영 눈에 들어오지 않을 때는 제목이 마음에 드는 책의 저자 유튜브를 찾아봤다. 유튜브 내용도 마음에 들면 그 책은 합격. 그땐 구매해서 당장 필요한 부분의 목차부터 읽어내려가면 됐다. 어떤 책을 보면 좋을지 고민될 땐 요즘 서점은 마음 처방전처럼 상황별로 읽으면 도움 되는 책들이 잘 추천되어 있어서 북 테라피를 이용해 책을 들춰보기도 했었다.

결핍이 느껴질 때마다 책을 찾았다. 일을 잘하고 싶을 땐 리더십이나 판매에 관한 책을 봤다. 돈에 대한 결핍이 생길 땐 경제 도서를 찾은 것처럼 결핍으로 시작한 독서는 자연스레 영역이 확장

됐다. 책을 읽다 보니 내가 읽은 분야들이 모두 나다움을 먼저 찾아야 한다길래 관련 책을 읽기 시작했다. <웰씽킹 - 켈리최>에서 5년이나 10년 뒤 내 모습을 그려보고 매일 상상하며 더 나아질 모습을 믿으라고 했는데 처음에는 쉽지 않았다. 켈리 최 회장의 강의를 자꾸 듣고 더 성장하고 싶은 마음에 미래를 생각해보니 먼 미래 같기만 했던 10년 뒤가 점점 그려지는 것이 신기했다. 책을 읽기 전에는 매일을 살아내기 급급했던 내가 이제는 더 나아질 미래를 그릴 수 있게 된 것이다.

결혼 후 5년 만에 다시 내 책상을 찾은 것도 책 읽기를 유지할 수 있게 한몫했다. 내 자리가 없었던 신혼 시절엔 모두가 잠든 새벽, 식탁에 홀로 앉아 책을 봤다면 내 자리가 생긴 지금은 책상이 마음의 쉼터같이 느껴진다. 매일 책상에 앉아 책을 보거나 감사일기를 쓰는 게 나만의 루틴이 된 것이다.

꾸준히 책을 읽는다는 것이 여간 어려운 일이 아니었다. 제대로 환경을 설정하고 독서루틴을 잡아 읽어보려 해도 여러 가지 이유로 인해 만들어둔 루틴이 무너질 때도 많았다. 나도 그렇고 아이들도 마찬가지였다. 그럼에도 독서의 끈을 놓지 않으려 했다. 결핍에서 책을 찾거나 저자 유튜브를 보는 등의 경험들은 무너졌던 루틴을 다시 세우는 데 도움이 됐다. 독서라는 행위 자체에서 손을 놓지 않았을 뿐인데 무너진 루틴들이 다시 바로 세워지는 것이다.

독서는 결핍으로부터 빈 공간을 채우기 위한 나만의 지식창고였다. 결핍을 채우며 삶을 바로 세웠고, 루틴뿐 아니라 삶의 전반에서도 열심히 쌓았던 탑이 무너질 때마다 독서로 바로 세웠다. 언제든 다시 쌓기만 하면 된다. 나에게 독서는 '다시'라는 말을 가능하게 해주는 힘과 동기를 부어 넣어주었다.

TPO 독서와 되새김질 독서

(김민정)

한 권을 진득하게 읽어가는 끈기가 부족했다. 남들이 좋다고 추천해 준 책인데도 어느 순간 집중력이 흐려져 읽다 만 책도 많다. 그래도 책 자체는 좋아해서, 몇 권씩 쌓아두고 잡지처럼 간간이 들춰보기도 한다. 그러다가 내 나름대로 만들어진 독서 방법이 있다. 바로 'TPO 독서'와 '되새김질 독서'다.

TPO란 말 그대로 시간, 장소, 상황의 줄임말로 때와 장소, 상황에 맞게 책을 골라 읽는 독서법이다. 마치 유튜브에 종종 올라오는 '집중력을 올려주는 피아노 연주', '노동요 플레이리스트' 등 과도 비슷한, 일상 중 때에 맞게 몰입을 돕고 효과를 내도록 하는 독서 방법이다.

TPO 독서의 시초가 된 책인 포켓용 도서 <Jesus Calling(지저스 콜링)>이 있다. 모니터 앞에 두고 출근해서 앉자마자 매일 펼쳐 보는 책인데, 성경 한 구절과 함께 오늘 나에게 주는 메시지가 365일 날짜별로 읽을 수 있게 되어 있다. 짧은 몇 줄의 글로부터 하루를 살아갈 힘을 얻고 오늘의 방향 설정에도 꽤 도움을 받고 있다. 매일 들춰본 지도 어언 4~5년 정도가 지났는데, 그사이 표지는 해어져 다른 것으로 덧대었지만 내용은 아직도 매일 새롭다.

근무 시작 전에는 이나모리 가즈오의 〈왜 일하는가〉와 스탠퍼드 학생들이 졸업 전 학기에 듣는 수업 내용을 토대로 쓴 빌 버넷의 〈일의 철학〉과 같은, 일과 관련된 책의 한 부분을 짧게 읽고 몰입을 위한 예열의 시간을 갖는다.

혼자 쉬는 점심시간에는 그날그날 흥미에 따라 끌리는 책들을 여러 개 뽑아두고 훑어 읽는 편이다. 직장에 있는 작은 도서관을 이용하는 경우가 많은데 주로 관계에 대한 도움을 주는 책, 심리서적이나 자기계발서, 또 멘토로 삼고 싶은 작가들의 책에 손이 자주 갔다.

바쁘게 일하다가 보면 마음이 복잡하거나 잠시 회의감이 들 때가 있다. 그럴 때는 사무실 책장에 놓아둔 짤막한 명언집들을 보기도 한다. 오래전에 산 〈톨스토이 명언집〉은 일자별로 되어 있어 부담 없이 읽을 수 있는데, 맨 뒷면에 '죽음, 사명, 인생, 가족, 꿈' 등 주요 항목에 따라 내용을 찾아볼 수 있도록 쪽 번호가 나와 있어 관심 있는 분야별로 인생에 대한 통찰을 쉽게 끌어올 수 있었다.

출퇴근과 같은 이동 중에는 습관처럼 핸드폰을 켤 때가 많지만 어느 페이지든 펼쳐서 쉽게 읽을 수 있는 수필집을 읽으면 좋았다. 〈좋은 생각〉이라는 월간 에세이도 애정하는데, 한때는 정기구독을 해서 가방에 넣고 다니며 읽었다. 무료한 날에는 여행, 그림, 음악에 대한 책들도 돌아가며 읽기도 한다.

내게는 '읽는다'라는 표현보다는 어쩌면 '본다'는 말이 더 적합한 표현일지도 모르겠지만, 그렇게 읽기로 구획된 시간은 분위기 전환에도, 몰입에도 꽤 도움이 된다. 짤막하지만 내게 다가온 하나의 강력한 메시지를 가슴에 품고 움직인 시간은 쳇바퀴 도는 것 같은 일상 속에서 삶의 의미를 찾고 쉽게 요동하지 않게 했다.

집에 돌아와서는 잠들기 전 보고 싶었던 책을 머리맡에 쌓아두고 잠깐이나마 조용한 시간을 갖는다. 몸과 마음이 지친 날에는 충전이 되는 책을 읽고, 힘겨운 날에는 위로가 되는 책들을 찾는다. 밤에도 새로운 자극과 발상, 도전이 필요하다고 느낄 때면, 내일을 준비하게 하는 자기계발서나 인문학 책들을 본다. 그때그때 나에게 필요한 것을 적절하게 주는 책들은 언제든 손만 뻗으면 다가가 만날 수 있는 친한 친구이자 멘토다.

날이 좋거나 궂을 때 고르는 책이 달라지듯, 봄마다 펴보는 책도 있었다. 꽤 오래전 사둔 오렌지색 범우사 책인데 이양하의 수필집 <신록예찬>이다. 문고본이라 가볍고 손에 쏙 들어와 들고 다니며 읽는 맛이 있다. 가장 연한 초록에서 가장 짙은 초록에 이르기까지 모든 초록을 사랑한다는 작가가 보여주는 대자연의 세계가 수첩만 한 작은 책 속에서 유려하게 펼쳐진다. 초봄부터 짙푸른 신록이 질 즈음까지 계절을 온전히 만끽하고 싶어서, 봄이 오면 가볍게 가방에 툭 넣고 다니며 펼쳐 보곤 한다.

한 번에 소화하기 어려운 책을 읽을 때는 '되새김질 독서법'을 이용한다. 읽는 범위는 반 챕터 분량 등 자신만의 기준에 따라 조금씩 나눠 읽는 것이 좋다. 대신 재독할 때는 전날 읽었던 부분을 포함해 소가 되새김질을 하듯, 며칠 동안 곱씹어가며 다시 본다.

내게는 역사서, 경제서와 같이 잘 알지 못하는 분야의 새로운 개념이 담긴 도서를 읽을 때 많은 도움이 됐다. 복잡한 내용들은 노트에 간략하게 표시하거나 요약해 가며 보는데, 앞서 한 번 읽었던 부분을 다시 읽을 때는 속도를 늦추어 꼼꼼히 읽어간다. 또 새로 진입해 읽는 부분은 앞부분과 자연스럽게 연결해 주제 파악을 쉽게 해나가도록, 보다 속도감 있게 읽어 내려간다.

사용하는 필기구는 처음에는 연필, 두 번째는 노란 색연필, 그다음에는 지워지지 않는 볼펜, 그다음으로 색 볼펜과 같이 점차 진하고, 지워지지 않는 도구를 쓴다. 주요 문장에 밑줄을 긋고 동그라미, 사각형, 별 등을 그려두는데, 어떤 문장은 재독 횟수만큼이나 더 짙어져 있다.

그런 부분들은 노트북으로 필사하듯 타이핑을 해두기도 한다. 옮겨 적은 문장 아래에는, 그 문장 또는 그 부분에 대한 나의 생각과 견해를 따로 적는다. 이렇게 하면 나의 관점을 가지고 책을 읽어가면서도 작가의 생각과 관점을 배우는 데 많은 도움이 된다. 이후에 타이핑해 둔 내용을 읽다 보면 책의 주요 내용이 보이고, 또 모이면 내게 필요한 부분만 뽑아 놓은 작은 요약집이 만들어진다. 전에 읽었던 책이라도 기억이 나지 않을 때는 타이핑해

둔 내용을 찾아보면 책 속의 내용을 다시 쉽게 기억하고 정리할 수 있다.

읽고 난 후에 일련의 작업을 통한 기록의 중요성은 익히 알고 있지만, 부끄럽게도 새로운 책을 들춰보는 것이 더 편하고 흥미로울 때가 많아 정리하기가 힘든 것이 대부분이다. 그래서 다시 읽어도 눈에 밟히는, 정말 새기고 싶은 내용들만 타이핑해 두는 편이다.

그래도 도무지 진도가 나가지 않는다면 책을 쓴 저자들의 인터뷰, 이야기, 또 관련된 강연 등의 영상들을 먼저 찾아보기도 한다. 영상은 이해하기 어려운 개념들에 대해 알기 쉽게 설명해주어 내용을 빠르게 습득한다는 장점이 있지만, 한편으로는 생각할 시간을 빼앗긴다는 단점이 있어 되도록 책을 읽기 시작한 초반에만 보는 편이다.

깊이 생각해 볼 문제들은 사색의 시간이 더욱 필요하다. 그래야만 내 것, 내 생각이 되기 때문이다. 책 속의 개념을 애써 기억하며 연결할 때 내용은 더 확장되고, 생각의 지경은 넓어진다. 속도를 늦추고 천천히 읽는 시간, 지나간 내용을 다시 읽어가는 동안 내 안에 머문 생각들은 발효되어 더 깊은 본연의 의미를 헤아릴 수 있게 된다.

TPO식 독서와 되새김질. 둘 다 어떻게 하면 내 삶에 책 내용을 유용하게 가져다 쓸 수 있을까 고민하다 자연스럽게 얻은 방법이다. 당연히 완벽할 수는 없다. 제대로 각 잡고 성과를 내면서 읽으면 제일 좋겠지만 TPO식 독서라면, 일상 속에서 잡지를 읽듯 이제 책이란 걸 한 번 읽어볼까 하는 이들도 쉽게 적용할 수 있지 않을까 싶다. 내가 자주 듣는 플레이리스트처럼 작업, 휴식, 출퇴근, 운동 등 누구나 매일의 루틴에 붙여 연관된 책들을 연결하여 읽는다면, 책과 쉽게 친해질 수 있을 것이다.

되새김질 독서 또한 다독에는 큰 도움이 되지 않을 수 있겠다. 하지만 긴긴 인생의 여정을 걸어가는 동안 책 속에서 내가 꼭 배워야만 하는 내용이 있다면 되새김질을 통해 삶 속에서 계속 내 것으로 만들어 가며 이를 체화시키는 데 꽤 좋은 방법이다.

독서에는 정해진 규칙이나 방법이 있는 것은 아니다. 사람마다 책을 읽는 동기도, 목적도 천차만별일 테니까. 허나 일상 속에 책을 가까이 두고, 때에 맞는 영감과 에너지를 받는 것에 매일의 시간과 횟수가 더해진다면 삶은 이전보다 알차고 풍성해지지 않을까.

다시 만난 책, 다시 시작된 성장

(박은경)

어릴 때부터 책을 좋아했지만, 독서광은 아니었다. 독서광이 되지 못한 것은, 넉넉지 못한 형편 때문이었다. 그래서 다른 집에 방문하는 것이 좋았다. 어떤 집에 가든 그곳에는 내가 보지 못한 책들이 있었기 때문이다. 누군가의 집에 방문할 때면 인사를 하고 제일 먼저 책이 있는 곳으로 갔다. 책꽂이를 둘러보고 읽지 않은 책을 찾아 집에 갈 때까지 읽었다. 방문한 집이 우리 집과 가까운 곳이면 읽던 책을 빌릴 수 있었다. 그러나 집과 먼 곳이면 빌릴 수 없어 안타까웠다. 중, 고등학교 시절에는 책 읽느라 잠을 자지 않아 엄마에게 혼난 적도 많았다. 삼 남매가 함께 사용하는 방에서 동생들이 잠들면 혼자서 불을 켜고 책을 읽었다. 가슴 아픈 대목에서는 이불을 뒤집어쓰고 울었고, 코믹한 대목에서는 책을 안고 웃었다. 그러다 새벽에 잠들어 지각한 날도 많았다. 책과 함께했던 청소년기를 보내고 대학교에 입학했다. 학업과 아르바이트를 병행하면서 자연스레 책은 멀어졌다. 간혹 신춘문예 당선작이나 가벼운 책을 한 권씩 사서 보는 정도였다. 30대에 들어서서는 아이를 키우고 일을 하느라 책과는 완전한 남남이 되었다.

세월이 흘러 마흔의 중반으로 향해 가던 어느 날, 문득 책을 읽고 싶은 순간이 찾아왔고 책을 사야겠다고 생각했다. 어린 시절 책을 가져 보지 못했기 때문인지 책은 꼭 내 돈을 주고 사고 싶었다. 도서관에서 빌려 읽으면 읽은 것 같지 않았다. 무작정 온라인 서점에 들어가 최신 베스트셀러 중 후기가 좋은 책을 골랐다. 새 책을 쓰다듬고 냄새를 맡았다. 잉크와 종이 냄새가 너무 좋았다. 설레는 마음으로 첫 페이지부터 읽기 시작했다. 그런데 마른하늘에서 날벼락 치는 일이 벌어졌다. 너무 오랫동안 책을 읽지 않아 세 페이지를 넘기기 어려웠다. 맥락을 이해하지 못해서 읽었던 페이지를 또 읽고 있었다. '책 좀 읽었다고 생각했던 내가 이 지경까지 되다니!' '머리가 굳을 대로 굳었구나!' 한참을 멍하니 앉아 있었다. 10분을 집중할 수가 없어 당황스러웠다. 20년 가까이 책을 읽지 않은 결과니 어쩌겠는가. 당혹감은 오히려 책에 대한 갈증을 키웠다. 첫 달은 마치 대리만족이라도 하듯 서점에 들러 책을 한두 권씩 사들였다.

두 달쯤 지나고 보니 책꽂이에 20여 권의 새 책이 꽂혀 있고, 침대 머리맡과 소파 위에는 책이 뒹굴고 있었다. 정신이 번쩍 들었다. '이건 아니다. 적어도 내가 구입한 책은 다 읽어야겠다. 그런데 어떻게 읽지?' 하며 고민했다. 가장 큰 문제는 책에 집중할 수 없다는 것이었다. 책만 펼치면 온갖 일들이 머릿속에 들어와 앉았다. 이 일만 하고 읽어야지, 저 일만 해놓고 읽어야지 하다 보면, 어느새 다른 일만 하다가 하루가 지나가기 일쑤였다. 정말 미치겠다며, 평소에는 잘 하지도 않는 일들이 왜 자꾸 생각나는 거냐며 혼자 중얼거리자 남편이 무슨 일이냐고 물었다. 책을 읽고 싶은데 집중이 안 되고, 읽으려고 하면 온갖 잡념이 떠오른다고 하소연했다. 남편은 한참 생각하더니 책 읽는 시간을 정해보는 게 어떻겠느냐고 제안했다. 그 순간 예전에 들었던 '뽀모도로 기법'이 생각났다. 25분 동안 한 가지 일에만 집중하고 5분간 휴식하는 이 단순한 시간 관리 방법은 집중력 향상과 학습 능률을 높이는 데 탁월한 효과가 있다고 알려져 있다. 이 방법을 활용해 하루에 두 번, 아침에 일어나 25분, 저녁에 잠자리 들기 전 25분만 책을 읽기로 했다. 알람을 맞추고 책을 읽기 시작한 처음에는 10분도 안 돼서 목이 마르고, 화장실에 가고 싶어졌다. 거짓말같이 정말 소변이 마려운 것이다. 화장실 다녀온 지 얼마 안 되었는데도 다시 가고 싶어졌다. 평소 아이들에게 화장실 자주 간다고 잔소리하던 내가 같은 행동을 한다는 것이 우스웠다. 물 한 잔 마시고 화장실 한 번 다녀오니 시간이 다 지나갔다. 이 짧은 시간도 버거운 것이었다. 25분 동안은 일어나지 않으리라 마음을 단단히 먹지만 5분 읽고 10분 딴 생각이었다. 포기하고 싶었으나 자존심이 허락하지 않았다. 어릴 때는 구걸하듯 책을 읽었던 내가 이렇게 되다니…….
내용을 아는지 모르는지는 중요하지 않았다. 정말 자리에 앉아 책장을 넘기면서 25분 버티기부터 했다. 처음 한 타임을 버티고 나서는 바로 소파에 벌러덩 누워버렸다. 내 생애 가장 길게 느껴진 시간이었다. 책 읽기를 시작한 지 일주일쯤 지나자 조금씩 나아지기 시작했다. 20분 정도는 집중할 수 있게 되었다. 한 달쯤 지나자 25분 내내 집중하며 책을 읽을 수 있게 되었다. 마침내 소설가 주제 사라마구의 〈눈먼 자들의 도시〉를 차분히 읽을 수 있게 되었다. 이번에는 달랐다. 천천히, 꾸준히 읽어 나갔다. 무슨 내용인지 이해가 안 되면, 읽었던 페이지를 다시 읽었다. 아침, 저녁 두 번 25분씩 읽으니 다 읽는 데 두 달이나 걸렸다. 비록 두 달이나 걸렸지만, 완독의 기쁨을 남편과 나누었다.

그러나 책 읽기를 시작한 지 얼마 지나지 않아 새로운 문제가 생겼다. 책을 읽으면서 읽은 내용을 기억하기가 어려웠다. 집중력 유지를 위해 25분이 되면 바로 책을 놓았는데 그러다 보니 내용 연결이 되지 않았다. 다음날 책을 읽을 때 앞부분을 기억하지 못해 다시 읽는 경우가 허다했다. 궁여지책으로 메모를 시작했다. 처음에는 중요한 문장에 밑줄을 긋고 노트에 그대로 옮겨 적었다. 다음 날은 기록을 먼저 훑어보고 이어서 읽었다. 기억과 이해는 좋아졌지만, 정해진 시간 동안 읽을 수 있는 양이 반으로 줄었다. 좀 더 욕심을 낼 타이밍이 되었다는 느낌이 왔다. '뽀모도로 기법'을 활용하여 아침에 한 세션을 더 늘려 두 번 연속 읽기를 시도했다. 점차 독서 시간을 늘려 아침 두 번, 저녁 두 번으로 확장해갔다. 노트에 기록하던 내용도 점차 단순한 기록을 넘어 나만의 독서 노트로 변해갔다. 처음에는 '주인공이 길을 잃고 헤맸다.'처럼 책의 내용을 요약하는 수준이었지만, '이 장면이 내 스무 살의 방황과 닮았다.'는 식으로 차츰 나만의 생각과 느낌을 덧붙였다. 때로는 책의 한 구절이 내 삶의 이야기가 되어 노트로 흘러 들어갔다. 책은 서서히 나의 삶과 연결되기 시작했다. 책을 읽는 이유가 단순히 지식을 얻기 위해서가 아니라 내 마음을 들여다보고 싶었던 것임을 깨닫게 되었다. 자연스레 소설 속 인물들을 통해 나 자신의 모습을 들여다보고, 철학서의 구절을 통해 삶을 고민했다. 나는 무엇을 원하는지, 어떻게 살고 싶은지 깊이 생각하게 되었다. 책과의 대화가 깊어지고 독서의 시간이 쌓이면서, '배움'이라는 단어가 마음 한 곳에 자리 잡기 시작했다. 처음에는 막연했던 생각이 점차 선명해졌다. 단순히 책을 읽는 것을 넘어, 더 체계적으로 공부하고 싶다는 열망으로 차올랐고, 마침내 대학원 진학을 결심하게 되었다. 어쩌면 이것이 내가 그토록 책을 다시 읽고 싶었던 진정한 이유였는지도 모른다.

어른이 되어 다시 만난 독서는 이불 뒤집어쓰고 울고 웃던 어린 시절의 독서와 달랐다. 왕년에 책 좀 읽어봤다고 생각했지만 세 페이지를 넘기기 어려웠던 내 모습에 당황하기도 했다. 답답했지만 욕심을 버리고 시간을 정해 책을 읽다 보니 조금씩 진도가 나갔다. 내용을 기억하고 싶어 정리하던 독서 노트는 차츰 책 읽는 시간마저 늘려주었다. 의지와 열정만 있으면 책 읽기는 저절로 될 것이라 믿었지만, 시간을 들여 차근차근 쌓아가는 과정이 필요했다. 어릴 적 타인의 책장을 빌려 꿈을 키우던 내가, 이제는 나의 서재에서 내 꿈을 만들어 간다. 독서가 일상이 되어가는 과정은 느렸지만 분명했다. 한 권 한 권 책을 읽어가며 독서의 즐거움을 되찾은 지금, 나는 다시 책과 함께 성장하고 있다.

서점을 즐겨 가는 이유

(윤성숙)

나는 교보문고에 가는 것을 좋아한다. 문을 들어서자마자 서점의 분위기는 언제나 따뜻하고 잔잔한 음악으로 맞이해준다. 바쁘고 소란한 일상 속에서 벗어나 들어간 서점은 마음을 편하게 해준다. 가지런히 자리 잡고 기다리는 모든 책은 가을에 활짝 핀 코스모스처럼 반겨주는 듯하여 설레는 기분이 든다. 이번 신간은 뭘까? 서점 맨 앞에 있는 인기 도서는 어떤 책일까? 새 책에서는 신선함이 그대로 나에게 느껴진다. 수많은 책과 책 사이를 거닐며 그중에 마음에 가는 책 한 권을 집어 든다. 책을 고르는 것은 마치 나만의 보물을 찾는 여행과 같다. 곧 나와의 대화이자 지금 내게 필요한 위로와 힘을 찾아가는 과정이다. 이 책을 쓴 저자는 무엇을 전하고자 이 책을 썼을까 하고 전체적인 목차를 읽어본다. 마음에 가는 책의 페이지 위에 새겨진 글자들은 마치 내 마음을 다 알고 있는 것 같다. 오랜 친구처럼 나를 위로해주기도 하고 때로는 새로운 시선을 열어주기도 한다. 페이지를 넘길 때마다 그동안에 쌓인 생각과 감정들이 하나씩 정리가 되어간다. 복잡했던 일들을 내려놓고 한 권의 책에 온전히 몰입할 수 있는 시간이 펼쳐진다.

삶의 의욕이 없어지거나 슬럼프에 빠졌을 때 수산물 새벽시장을 가보라고 하지 않았던가? 새벽부터 열심히 사는 모습을 보노라면 나태해진 삶에 새로운 동기부여를 안고 돌아오듯이 나에게 교보문고는 새벽의 수산시장 같은 역할을 해준 곳이었다. 많은 사람이 각자 분야에서 열심히 살고 있음을 느끼게 해주는 장소이다. 처음 책을 고를 때 너무 많은 분량이 있는 책보다는 내가 쉽게 읽을 수 있는 내용으로 고르는 것이 좋았다. 색감, 제목, 또는 표지의 분위기가 마음에 들면 그 책부터 골라 읽어보았다. 가끔은 그 책의 첫 문장이 내 마음에 감동을 주기도 하고 힘이 되기도 했다. 처음부터 너무 전문적인 글을 읽으면 이해가 잘되지 않아 책에 손이 가지 않았다. 그래서 내 마음에 이끌리는 책, 이해할 수 있는 책부터 읽고 나면 그다음에 읽을 책이 보였다. 이렇게 책 읽기가 이어져 갔다. 더 많은 시간을 두고 읽어야 할 책, 좋은 책들은 집으로 데리고 오는 것에 주저함이 없었다. 이 책들을 품에 안고 집에 돌아오는 길은 아직 펼쳐지지 않는 페이지들 속에 담긴 이야기들이 꿈틀거리고 있는 것 같아 나를 설레게 한다.

집으로 데리고 온 책은 일정에 맞춰 일주일 만에 읽을 것인지 아니면 한 달 안에 읽을 것인지 정하고 인덱스로 구분해둔다. 그래야 내가 책을 분량대로 읽고 읽는지 아닌지 한눈에 알 수 있기 때문이다. 어떤 경우는 읽을 분량대로 잘 읽지 못하는 때도 있다. 갑작스러운 일이 생기거나, 아프기도 하고 슬럼프가 올 때도 있었다. 어느 날 인터넷 검색할 시간은 있어도 왜 책 읽을 시간은 없었지? 라고 생각해보았다. 책을 읽으려면 각 잡고 읽어야 한다는 생각이 앞서서, 책 읽을 시간이 없다고 느꼈던 것 같다. 하지만 생각을 바꿔 잠깐 시간을 내어 15분만 읽어보자 하는 가벼운 마음으로 시작하면 한 페이지에서 두 페이지로 넘어간다. 하루 15분 책 읽는다고 해서 뭐가 달라질 것도 아닌데 하고 이렇게 생각하기 쉽다. 하지만 15분 동안 읽는 책은 하루를 단순히 흘려보내는 것이 아니라, 내 생각과 마음에 정원을 가꾸어 가는 과정이다, 처음부터 많이 읽으려고 하기보다는 일과 시작 전에 시간을 설정해 두고 읽었다. 책을 읽다가 마음에 와닿는 부분은 보통 노란색 형광펜으로 줄을 그으며 읽기도 하고, 적용해야 할 부분은 한 번 더 빨간색으로 별표 표시를 해두기도 한다. 떠오르는 생각과 질문을 책 여분에 적어보기도 하며 책을 읽는다. 자기 계발 분야의 책 같은 경우는 독서 노트에 한 번 더 정리해두고 매일 실천하려고 애썼다.

나는 책을 빨리 읽지 못하고 천천히 읽는 편이다. 책을 많이 읽는 사람이 부러워 빨리 읽는 법을 배워볼까 한 적도 있었다. 하지만 천천히 읽으며 음미하는 성향을 존중해주기로 했다. 책을 빌리는 것보다 책을 사서 읽는 것을 더 좋아한다. 책을 읽는 그 순간은 다 이해하는 것 같고 많은 동기부여를 받지만, 책을 덮고 며칠이 지나면 그 감정과 생각은 곧 사라지기 때문이다. 책에서 말한 대로 결심하고 적용하려고 해도 쉽게 바뀌지 않는다. 책대로 시도하다가 중간에 포기하기도 하고 마음의 상실감이 오기도 한다. 이럴 때면 책장에 꽂아둔 책을 다시 꺼내서 형광펜으로 표시해둔 곳, 빨간색으로 별표 해 둔 곳을 다시 읽으며 마음을 다시 잡아보기에 좋았다.

처음에는 주로 실용서를 읽었다. 나는 늘 부족하다 느꼈다. 그래서 책을 통해 해답을 찾아 채우고 싶었다. 관심이 있는 분야, 예를 들어 자기 계발이 필요하면 직접 서점으로 달려가 자기 계발에 관한 코너에 가서 여러 작가의 책을 하나씩 집어 들어 읽다 보면 마음이 가는 책이 있었다. 그 책을 한 권 읽다 보면 그 책과 이어지는 책이 생기고 그렇게 하다 보면 그다음 읽어야 할 책으로 이어진다. 몇 권을 읽으면 서로 공통되는 분모를 만나게 된다. 그리고 또 다른 분야에 대해 알고 싶으면 이 같은 방법으로 찾았었다. 처음에는 각 분야에 어떤 책이 좋을지 몰라 지인에게 추천해달라고 한 적도 있었다. 그 책을 구매해서 읽어보면 안 맞는 경우가 있었다. 책이 잘 안 읽어지기도 했다. 그래서 추천해 준 그 책을 서점에서 한 번 전체적으로 훑어 읽어보며 나와 맞는지 비교해 보고 골랐다. 예를 들어 태교에 대해 알고 싶으면 태교에 관한 책을, 육아에 필요하면 육아에 관한 책을, 신앙에 대해 궁금하면 신앙에 관련된 책을 읽었다. 이렇게 책을 혼자서 읽다 보니 마치 편식하는 아이처럼 책을 고르는 데도 한쪽으로만 치우치는 내 모습을 보게 되었고, 내가 읽은 책에 대해서 다른 사람들은 어떠한 관점으로 보는지 궁금하기도 했다.

이러한 궁금증 때문인지 늘 마음속에 독서모임을 하고 싶은 마음이 들었다. 그런데 막상 독서모임을 하려니 쉽지 않았다. 그러던 차에 15분 독서모임을 알게 되었다. 매일 책을 15분이라도 읽고 그 내용에 대해 생각하고 질문하면서 독서 노트에 적는다. 그리고 그 내용을 그룹 카톡방에 올리다 보니 동기부여도 되고 다른 사람들의 생각과 관점을 통해서 더 포괄적으로 생각하며 배우게 되는 좋은 계기가 되었다. 똑같은 책을 읽었는데 각자 받아들이는 관점이 다르다. 일주일에 한 번 줌 미팅으로 서로 다른 관점과 생각을 듣다 보면 그 책에 대해 더 다양하게 받아들이게 된다. 이런 부분이 함께 독서모임을 통해서 읽는 묘미가 있는 것 같다. 책을 고를 때도 내가 읽고 싶은 책만 고르는 것도 좋지만 가끔은 독서 리더가 추천해 준 책을 읽어보며 다른 분야에 대해서도 알게 된다. 전혀 생각하지 않았던 작가나 책을 통해서 내가 미처 생각하지 못했던 부분까지 얻어가기도 한다.

나에게 서점은 단순히 책을 사고파는 공간이 아니었다. 그곳은 내 마음을 어루만지고 새로운 시각을 열어주는 특별한 장소였다.

삶의 빈틈을 채우기 위해 책을 선택했고, 그 과정은 마치 나만의 보물을 찾는 여정 같았다. 책을 고르는 시간은 설렘으로 가득했고, 책 속 이야기는 마치 나와 대화하듯 새로운 관점을 제시해 주었다. 하루에 15분씩, 때로는 집중적으로, 나만의 속도로 책을 읽었다. 이 시간이 쌓이면서 내 삶에 변화를 가져다주었다. 또한 결이 맞는 사람들과의 독서모임은 내 독서의 폭을 더욱 넓혀주었다. 책을 통한 모든 경험은 결국 나를 더 깊고 넓게 성장시켰다. 바쁜 하루 속에서도 잠시 책에 집중하는 그 순간은 나를 돌아보고 새로워질 기회를 얻는 귀중한 시간이었다. 서점에서 책과의 만남은 늘 나를 설레게 한다. 오늘도, 나를 기다리고 있을 그 한 권의 책을 만나러 가야겠다.

딱 15분만 책에게 나를 내어주었다
(이은정)

육아휴직을 마치고 직장으로 돌아왔다. 치열한 워킹맘이 되었다. 직장과 육아만 병행해도 바쁘다. 없는 시간을 쥐어짜 가며 온오프라인 독서모임 리더로 살고 있다. 책을 어떻게라도 읽기 위해 만든 환경이다. 독서모임 멤버들의 단골 멘트는 '읽을 시간이 없어서 다 못 읽었어요.'였다. 오륙 개월 된 아기들을 안고 시작한 독서이니 오죽할까. 나 또한 독서모임 전날이면 소화도 되지 않는 책을 꾸역꾸역 집어넣듯 벼락치기로 읽어내는 날들이 있었다. 내가 리더임에도 불구하고 완독 못 하고 독서모임에 참여한 날도 있었다.

삼십 대 초반에 다이어트한 적이 있었다. 10kg이 빠지니 사람들이 변화를 알아보기 시작했다. 살이 많이 빠졌네요? 난 웃으며 대답했다. 살이 빠지면 참 좋겠는데, 빠지진 않더라고요. 열심히 뺐어요. 내겐 독서도 다이어트와 마찬가지였다. 책이 그냥 읽어지지 않았다. 책 읽을 시간을 나에게 내주고, 그 약속을 지켜내야 책을 읽을 수 있었다. 아이를 키우고, 직장을 다니느라 바쁠 텐데 언제 그렇게 책을 읽는지 묻는 말을 종종 듣는다. 인사치레로 묻는 말엔 미소로 답한다. 정말 궁금해서 묻는 이들에겐 새벽에 조금 일찍 일어나서, 눈 뜨자마자 물 한 잔 마시고, 책부터 읽는 새벽 루틴을 소개한다. 큰 애 돌 이전에 시작한 새벽 기상이었다. 육아로 분주한 하루를 보내면 책 읽을 틈이 없어서 시간을 확보하려고 새벽에 일어났다. 다시 직장인이 된 후에도 책을 읽고자 일찍 눈을 뜬다. 책은 그냥 읽어야지 하면 읽어지는 게 아니더라. 읽을 시간을 만들어야 읽을 수 있는 거였다. 내게 새벽은 책에 나를 내어주는 시간이었다.

새벽 독서를 하지 못한 날엔 회사에 도착해 업무 시작 전 딱 15분만 책을 읽는다. 직장인, 엄마, 독서모임 리더, 강사, 작가라는 N잡러로 살자니 책 읽을 틈이 나지 않아 시작한 15분 독서였다. 명색이 독서모임을 두 개나 운영하고 있는 리더인데 내가 책을 못 읽으면 안 되었다. 15분간 제대로 책을 읽을 수 있겠냐는 의문을 품은 채 시작했다. 타이머를 맞추고 딱 15분만 독서했다. 놀라운 일이 벌어졌다. 하루 15분만 독서했을 뿐인데도 한 달에 최소 두 권, 많으면 세 권까지도 읽을 수 있었다. 한 권도 다 읽지 못할 거라 생각했는데 의외의 결과에 놀랐다. 딱 15분밖에 주어지지 않으니 더 몰입했다. 독서 중 이탈하는 일도 줄었다.

15분은 하루의 1%다. 하루 24시간은 1,440분이다. 1,440분의 1%는 14.4분이며, 이를 초 단위까지 환산하면 14분 24초다. 대략

15분이다. 하루 15분만 나에게 투자해 매일 1%씩만 성장한다고 생각했다. 15분씩 한 달이면 450분, 1년이면 5,400분이다. 5,400분은 약 90시간이다. 하루에 어디로 사라지는지 모르게 흩어졌던 15분을 독서에 사용하면 1년에 90시간이나 생기는 거였다. 물론 90시간이 마냥 긴 시간도 아니다. 주 40시간을 회사에 묶여 있는 직장인에게 90시간은 직장에 할애하는 고작 2주 남짓의 시간이다. 그런데, 생각해 보면 고작 2주 남짓의 시간조차 나만을 위해서 쉽게 허락지 않았다. 잠시라도 쉴 틈이 생기면 친구를 만나거나, 드라마를 볼 생각만 했었다.

15분을 독서로 채워갔다. 짧은 시간의 독서는 휘발성이 강했다. 어제 읽은 내용이 기억나지 않아 당혹스러웠다. 귀하게 얻은 15분인데, 남지 않는 독서를 할 수는 없었다. 15분간 허겁지겁 읽기만 하지 않기로 했다. 단 몇 페이지를 읽어도 나에게 와닿는 문장을 남기고, 내 생각을 끄적끄적 써보는 독서로 바꿨다. 기록이 남지 않은 독서는 기억에도 남지 않음을 알았기 때문이다.

시간이 없는 워킹맘, 직장인 누구나 할 수 있는 15분 2R 독서법을 소개한다. 짧은 15분 동안 읽기(Reading), 기록(Recording)을 둘 다 하는 독서법이다. 15분을 절반으로 나누어 8분간 몰입해서 책을 읽고, 나머지 7분간은 기록한다. 다음은 내가 시행착오를 겪으며 정착한 15분 2R 독서의 구체적인 세 단계 방법이다 .

첫째, 8분간 읽을 분량을 정한다. 에세이라면 한 편 정도 읽을 수 있다. 실용서라면 한 장의 아주 작은 소제목 분량을 읽을 수 있는 시간이다. 개인의 속도에 따라, 책의 난이도에 따라 읽을 수 있는 페이지는 다르지만, 나의 경우는 대략 10페이지 정도 읽을 수 있다.

둘째, 비주얼 타이머를 15분으로 맞추고, 8분간 몰입해 독서(Reading)한다. 이때 좋은 문장이 나왔다고 멈추고 필사를 하거나 사진을 찍어서 공유하는 등의 이탈을 하면 안 된다. 이 유혹에서 벗어나기가 여간 쉽지 않다. 딱 8분간은 오롯이 내 눈이 글자를 따라 움직인다. 읽기로 마음먹은 곳까지 이탈하지 않고 읽는 게 중요하다. 손에는 펜을 쥐고 좋은 문장엔 줄을 긋고, 키워드엔 동그라미를 친다. 시간을 아끼기 위해 자도 쓰지 않는다. 그저 내 손이 자라 생각하며 펜을 손에 쥐고 줄을 긋는다.

셋째, 딱 한 문장만 필사(Recording)한다. 손으로 노트에 꾹꾹 눌러쓴다. 그 한 문장을 곱씹어 생각하며 나 스스로에게 질문한다. 그에 대한 내 안의 고민과 나름의 해답을 꺼내 기록한다. 때론 책에 있는 질문을 옮겨 적는다. 나에게 질문하며 내 생각을 써 내려간다. 괜찮은 글을 쓰겠다는 거창한 마음으로 쓰지 않는다. 'Writing'이라 표현하지 않고 'Recording' 기록이라 칭하는 이유이기도 하다. 7분간 잘 쓰면 얼마나 잘 쓰겠는가. 잘 쓴 글을 쓰라는 이야기가 아니다. 책을 읽고 내 머리에 펼쳐진 잔상들을 꺼내놓는 단계다. 더 나은 글을 쓰기 위한 재료를 남기는 과정이다. 기록은 물방울처럼 흩어진 내 생각을 종이로 붙잡아서 눈으로 보게 만들었다. 종이 위에 고스란히 남은 내 생각의 물방울들을 모으고 엮으면 괜찮은 한편의 글이 지어지기도 한다.

짧게라도 매일 책을 읽었다. 질문에 내 생각을 담아 써 내려갔다. 독서모임 멤버들에게 궁금한 것은 질문으로 만들어 기록해 두었다. 책을 읽고 질문을 써보는 훈련은 뜻밖에도 관계에 도움이 되었다. 누군가를 만날 때도 책을 읽듯 호기심을 갖게 되었다. 책이 나에게 생각할 것들을 던져주듯 사람과의 만남도 배움의 장이라 여기게 되었다. 책을 읽듯 사람을 읽게 되었다. 대화할 때면, 책을 읽으며 질문하는 습관이 배어 상대에게 질문한다. 2년이 넘는 육아휴직 후 직장에 복직한 지 얼마 되지 않아서 직장 선배들과의 식사 자리가 있었다. “요즘 표정이 너무 좋아지셨던데 2년 동안 무슨 일이 있으셨나요?” “15년 이상 이 일을 할 수 있었던 원동력이 무엇인가요?” 이런 질문에 놀랍게도 선배들은 미리 준비한 것처럼 술술 이야기하신다. 그들의 이야기들 속엔 배울 게 많다. 기억력이 길지 않은 탓에 받아 적고 싶은 마음이 굴뚝이지만 그럴 수 없으니 최대한 키워드를 기억하려 노력한다. 상대방과 헤어지고 나면 기억이 잊힐까 봐 서둘러 휴대전화를 꺼내 들고 키워드 몇 자를 적는다. 짧게라도 기록하고 질문하며 책을 읽은 덕에 어느덧 질문력이 생기고, 키워드로 요약하는 능력까지 생겼다. 이전의 나에겐 상상조차 할 수 없는 일이었다.

하루가 아무리 바빠도, 나는 책과의 소중한 15분을 지키고자 노력한다. 분주한 일상 속 끝없는 할 일들은 잠시 접어두고, 오롯이 책과 마주한다. 단 하나의 문장이라도 깊이 마음에 담고 싶은 마음으로 책장을 넘기다 보면, 때론 오늘 만난 문장이 나만의 언어로 새롭게 피어나기도 한다. 이렇게 짧지만 의미 있는 15분, 나는 책과의 약속을 오늘도 지켜낸다.

독서모임을 통해 독서를 이어가다

(장순미)

어릴 적 책을 읽는 게 좋아서 친구 집에 있는 책을 모조리 다 읽었다. 책에 집중하지 않으면 언제 친구 집에 또 올 수 있을지 모르기 때문에 집중해서 읽었다. 성인이 되어 바쁘다는 핑계와 다른 일들에 집중하다 보면 한 권을 완독하기는 힘들어졌다. 책에 집중을 못 하면 독서는 내 시간 속에서 점점 밀려 나가기 시작했다. 어느새 책장에 읽지 않은 책들이 고스란히 꽂혀 있는 적이 많아졌다. 책을 읽어야겠다는 생각은 계속 머릿속에 있지만 책을 펴고 읽기까지 오래 걸리는 경우가 많다 보니 나를 강제적으로 독서의 울타리에 넣어야겠다는 생각이 들었다. 그 울타리는 바로 독서모임이다.

온라인으로 독서모임 모집 광고를 보고 바로 신청을 했다. 소설책이나 문학책 위주의 독서모임이었다. 하루하루 내가 읽을 분량을 확인하며 사진을 찍어 인증했다. 매일 독서를 하면서 마음에 남는 문구를 단톡방에 올리기도 했다. 함께 하는 사람들이 많다 보니 서로 응원하고 공감해주면서 독서모임은 활기찼다. 독서모임 중에 얇은 책을 읽는 날은 '한 달 동안 책 한 권쯤이야!' 했는데 너무 여유를 부리다 보면 책을 중간까지 읽게 되는 경우도 생겼다. 그래서 꾸준하게 읽는 것이 중요함을 다시 한번 깨달았다. 꾸준함 덕분에 책 한 권을 한 달 동안에 읽고 나서 다른 책도 읽는 시간적 여유도 생겼다. 문학책들을 읽다 보니 문장에서 주는 감성과 아름다운 문장들을 발견하면 나의 마음은 풍요로워진다. 연필로 밑줄을 그어 놓고 소리를 내 읽어보기도 한다. 어느덧 책 속에 내가 스며들어 가기 시작한다. 은유와 비유로 가득한 책을 한 장 한 장 넘기면 책의 세계에 몰입하게 된다. 책 속에는 작가의 마음의 결이 숨어 있어서 어느덧 나도 동화가 되어 간다. 문장의 섬세함은 나의 상상력을 자극해서 내가 주인공이 되어보기도 한다. 예전에는 책을 많이 읽는 것에 중점을 두었다. 이제는 책을 어떻게 읽느냐에 중점 두며, 글의 아름다움과 표현력을 발견하는 시간이 되었다. 문장의 깊이를 더 알기 위해 필사도 했다. 한 자 한 자 부드럽게 쓰다 보면 저절로 힐링의 시간이 되었다.

현재의 독서모임은 성장해빛 독서모임이다. 경제에 관련된 책을 읽으면서 경제의 흐름을 알고 재테크에 관한 공부를 하는 독서모임이다. 투자에 대해 전혀 관심이 없던 나는 독서를 통해서 재테크를 공부하고 있다. 경제적인 여건이 여유롭지 않다 보니 지금 투자하기는 힘들다. 그러나 미래를 위해 공부를 한다는 마음으로 독서를 하고 있다. 경제에 관련된 책을 읽다 보면 경제 용어들이 낯설고 어렵다. 이럴 때면 책을 덮고 읽지 않는 경우가 많아졌다. 독서의 속도는 점점 느려져 며칠 동안 책을 읽지 않을 때가 종종 있다. 책이 어렵거나 재미가 없다고 생각하면 책을 그만 읽곤 한다. 이럴 때면 나는 책을 갖고 카페로 향한다. 카페에서는 책에만 오직 집중을 할 수 있다. 카페에서 차를 마시며 독서에 집중하다 보면 어려운 용어들이 궁금해서 검색해보기도 한다. 그 뜻을 바로 알게 되면 내용이 자연스럽게 읽어져서 페이지를 넘기는 소리는 경쾌하기만 하다. 집 근처에 도서관도 있지만, 책을 읽다가 좋은 문장이나 마음에 와닿는 문장을 보게 되면 소리 내어 읽을 때가 있다. 이럴 때마다 민망한 상황이 발생하기도 한다. 그래서 도서관은 책을 빌리거나 잠깐의 시간을 보내기 위해 찾는다. 소리를 내 읽다 보면 문장의 의미를 다시 생각해 볼 수 있다. 또한 작가가 쓴 의도를 파악하며 내 기억 속에 오래 남아있도록 소리를 내 읽는다. 이렇게 소리를 내 읽다 보면 책의 세계로 점점 빠져든다.

독서모임을 통해 매월 한 권씩 완독을 목표로 읽고 있다. 일이 많을 때는 독서하는 시간이 줄어든다. 이럴 때는 출근 시간을 이용한다. 평소보다 일찍 출근하면 아무도 없어서 집중하기에 좋다. 아침이다 보니 집중도 더 잘 된다. 1시간, 때론 30분 일찍 출근한다. 고작 30분으로 책을 읽으면 얼마 되지 않는다고 생각하지만 30분 동안 집중하면서 읽다 보면 책의 내용은 쌓여서 어느덧 한 권의 완독으로 이어진다. 혼자서는 독서를 꾸준하게 할 수 없어서 독서모임을 통해 책 읽기를 하고 있다. 함께 독서를 하면서 서로 응원하고, 격려하며 한 달이라는 여정을 함께 보낸다. 독서로 이어진 사람들이기 때문에 서로 공감하는 영역은 점점 많아진다. 책 내용뿐만 아니라 생활 속의 좋은 아이디어를 공유하기도 한다. 각자 읽은 책들의 리뷰를 공유하면서 책을 보는 깊이가 달라지고 있다. 같은 책이라도 각자의 생각을 통해 책에 접근하는 방법을 배우기도 한다. 내가 읽어야 하는 책들의 리스트가 점점 많아지면서 다양한 책들을 알게 되어 기쁘다. 책을 보는 시야도 넓어져서 다른 사람들에게 추천하기도 한다. 때론 어떤 책을 읽어야 하냐고 물어보는 사람들에게 고민하지 않고 바로 알려줄 때도 있다. 예전에는 책 추천을 해달라고 하던 내가 이제는 추천해 주는 사람이 된 건 정말 놀라운 일이다. 이렇게 된 것은 독서모임에서의 꾸준한 책 읽기 덕분이다.

나의 작은 변화는 한 가지가 더 있다. 가방에는 항상 책이 들어 있다. 어디를 갈 때면 항상 책을 갖고 다닌다. 예전에는 책보다는 핸드폰 보는 게 일상이었다. 지금은 출근할 때뿐만 아니라 약속이 있더라도 이동시간에 읽거나, 기다리면서 읽기 위해 가방에는 책이 항상 있다. 이렇게 수시로 책을 가까이하면서 자연스럽게 책 읽는 습관이 되고 어느 장소에 있든지 책을 읽게 되었다. 집에서도 마찬가지이다. 집에 오면 소파에 앉아 TV를 보거나 핸드폰을 했다. 어느새 아이들도 내 옆에 와서 함께 TV 시청을 하거나 핸드폰을 했다. 아이들에게 핸드폰 그만하라고 다그치며 책을 읽으라는 소리를 많이 했다. 큰아이에게는 어릴 적부터 책을 많이 읽어주었다. 그래서인지 책을 좋아하며 열심히 읽었다. 둘째가 태어나고 휴직 이후 다시 직장에 출근하게 되면서 아이의 안전을 위해 핸드폰을 사 주었다. 책보다는 핸드폰 하는 시간이 늘어나더니 책과는 점점 멀어졌다. 지금 생각해 보면 아이들이 책을 읽는 엄마가 아닌 핸드폰 하는 엄마의 모습을 그대로 따라 했던 것 같아 부끄러운 마음이 든다. 독서모임을 하면서 리모컨을 들고 있거나 핸드폰을 하고 있는 모습이 아닌 책을 읽고 있는 모습을 보여줬다. 처음에는 책을 읽는 모습이 이상했는지 아이들은 며칠만 하고 그만하겠지 하는 눈빛이었다. 나는 멈추지 않고 계속 독서하는 엄마의 모습을 보여줬다. 어느덧 아이들도 책을 갖고 와서 내 옆에 앉아 책을 읽었다. 만화책만 보던 둘째 아이는 글 밥이 많은 책을 조금씩 읽기 시작했다. 하루는 도서관에서 책을 읽었는데 너무 재미있다며 책을 사달라고 했다. 당연히 만화책인 줄 알았는데 글 밥이 많은 책이었다. 평소에 독서하는 엄마의 모습을 좀 더 빨리 보여줬으면 좋았을 텐데라는 아쉬움이 남는다. 그랬더라면 아이들이 책과 더 친숙해졌을 거라는 생각이 든다.

독서는 언제 어디서나 함께하는 친구 같은 존재가 되었다. 집에서나 지하철에서나 직장에서나 어디서나 함께한다. 모두 독서모임을 통해 이루어졌다. 독서모임은 나를 책과 가까이 할 수 있도록 도와주었다. 거실 테이블 위에는 항상 책이 놓여 있다. 시간이 날 때마다 읽을 수 있도록 독서 환경을 만들었다. 테이블 옆에는 작은 책장을 준비했다. 책장에는 읽은 책들과 읽을 책들이 있다. 책 읽는 모습을 아이들에게 자주 보여줬다. 이제는 아이들도 책을 갖고 와서 내 옆에서 읽기 시작한다. 책이 주는 변화는 우리 집 분위기를 바꿔 놓았다. 책을 통해 내가 꿈을 꾸었듯이 아이들도 넓은 세상을 꿈꿨으면 좋겠다. 지금 나는 독서하는 엄마, 어디서나 독서하는 내가 되도록 계속 진행 중이다. 나는 독서를 통해 계속 성장하고 있다. 독서를 통해 배운 내용은 나에게 자양분이 되어 지금의 내가 아닌, 더 성장한 나를 만들어 준다. 책이 주는 선물은 나의 삶에 많은 영향을 주고 있다.

일 이주에 한 권씩 버릇처럼 챙기는 습관
(최서윤)

나는 책을 그렇게 좋아하는 사람은 아니었다. 하지만 이제는 책은 내 삶에서 아주 중요한 부분이 되었다. 내가 책을 좋아하게 되기까지 많은 시간과 공을 들였다. 이제는 책은 내 인생의 루틴처럼 되어버렸다. 처음에는 책을 그저 읽어야지라고만 생각했다. 하지만 책을 읽어 나갈 뿐 머리에 정확히 입력하는 건 절반에 불과했다. 읽고 나면 기억이 나지 않아 중간중간 다시 읽어 나가기를 반복하고 책에서 얻은 정보가 머릿속에 모두 입력이 되는 것은 아니었다. 그냥 습관처럼 읽어 나갈 뿐 내 것으로 흡수되지 않아 읽고 나면 다시 읽어보고 난독하기만 했던 것 같다. 그렇게 시간이 차츰 지나면서 책에서 얻은 유용한 것들을 내 것으로 흡수하는 효과적인 독서 방법을 생각하기 시작했다. 이 방법들이 얼마나 도움이 될지는 모르지만, 조금이나마 도움이 되기를 바라며 나의 경험을 적어본다.

책을 읽어야 한다는 막연한 생각으로는 책을 절대 볼 수가 없었다. 여유를 두고 책을 읽는 사람은 삶의 여건이 풍요롭거나 독서에 집중할 수 있는 시간이 많은 사람들이라 여겼다. 육아하면서 책을 읽는다는 건 내겐 사치라 생각했던 순간이 있었다. 아이를 재워놓고 막상 책을 읽으려고 하면 피곤이 밀려와 기진맥진했다. 정독이나 완독은 어려웠다. 그러다 보니 책을 읽기만 했지 머릿속에 남는 것은 없었다.

시간과 공들여 책을 보는데 기억이 안 난다니 난감하기 짝이 없었다. 남는 독서를 하기 위해 조금씩 노력했다. 내가 노력한 방법은 다음과 같았다.

첫 번째는 일단 책과 친해져야 한다. 책과 친해지기 위해서 책과 언제나 함께하는 일상을 살고자 노력했다. 장소를 가리지 말고 어디서든 책을 펼쳐 읽을 수 있도록 준비했다. 읽고 싶은 만큼 읽고 덮었다. 그래도 반은 성공한 거라 여겼다. 책을 보려는 의지를 다지는 게 더 중요하다. 시간을 내어 완독하려는 욕심에 시간이 날 때까지 미루고 미뤘던 나였다. 그러다 보면 독서하는 습관이 잡히기가 힘들었다. 언제 어디서나 책을 보겠다고 다짐하고부터 책은 내 일상에 스며들었다. 나는 요즘은 가방에 책을 항시 넣어 다닌다. 읽든 안 읽든, 언제든 시간이 남으면 책을 보기 위해 책과 함께 어디든 동행하는 일상을 선택했다.

두 번째는 인상에 남는 부분은 책 속에 남긴다. 인상 깊었던 부분이나 내가 일상에 접목하고 싶었던 것들 위주로 밑줄은 치기 시작했다. 중요도에 따라 형광펜이나 색이 다른 펜으로 밑줄을 긋는다. 책의 여백을 이용해 느낀 점, 질문과 해답 등을 적기도 한다. 이렇게 하면은 책의 중요했던 포인트를 언제든지 펼쳐서 다시 확인할 수 있다. 시간이 지나서도 다시 되짚어보고 싶었던 내용을 쉽고 빠르게 확인할 수 있다. 책에서 전달하고자 했던 핵심적인 내용이나 내가 받아들이고 싶은 메시지를 내 것으로 흡수할 수 있었다. 그리고 이렇게 책을 읽으니 읽은 후 시야가 넓어지고 사고가 확장되는 걸 느끼고 있다.

세 번째는 책의 메모를 토대로 독서 노트를 만들었다. 읽기는 했는데, 머릿속에 도통 남는 게 없어서 독서의 기록을 노트에 남기기 시작했다. 메모함으로써 읽었던 책의 내용은 오래도록 더 선명하게 기억에 남을 수 있다. 이렇게 메모해 둔 것들을 독서 노트에 정리한다. 독서 노트에 중요한 문장이나 기억하고 싶은 문장들을 필사해 두거나 그날의 읽은 부분에 대해서 키워드 꼽아서 작성해 보며 스스로에게도 질문해 보며 해답을 써봤다. 예를 들면 겸손한 사람들은 왜 스스로를 낮추는 것이냐는 질문을 쓰고, 스스로가 겸손한 태도로 물러남으로써 상대방에게 더 편안함을 주기 위해서가 아닐까 하는 답을 써보았다. 질문과 답을 기록하는 과정은 내 생각을 정리할 수 있는 시간이었다. 이 시간이 쌓이니 생각으로만 끝나지 않고 행동으로 옮겨져 일상에 좋은 변화를 불러왔다.

네 번째는 일상에 활용하는 습관을 지녀보는 것이다. 책에서 보고 느낀 것을 일상에 하나씩 접목하여 실천해 보았다. 단 한 번의 실천으로 끝나지 않도록 좋은 습관이 몸에 배도록 만드는 것, 이것이 내가 독서하는 궁극적인 목표였다. 일상에서 문제가 생겨 조언이 필요할 때 메모 기록과 독서 노트를 찾아 읽는다. 일상에 활용하고 다시 생각하며 문제 해결 방법을 찾는다. 이런 과정의 반복이 더 현명한 선택을 만들어 인생을 조금씩 더 낫게 변화시키는 힘이라 믿는다.

마지막으로 독서모임에 나가보는 것이다. 독서하고 싶지만, 막상 독서하려고 하니 엄두가 안 나고 독서가 막연하고 습관화하기가 어렵다면, 반강제적으로라도 책을 읽을 수 있는 모임에 나가보자. 나는 그랬다. 2년이란 시간 동안 독서모임이 없었다면 나는 이렇게 책과 함께하는 삶을 지금보다는 소홀히 했을 것이다. 엄마들이라는 공동체 안에서 독서를 통해 엄마들의 성장 도모와 공동육아를 함께하고 지역사회 연계 활동도 함께하며 보람도 느꼈고, 독서라는 공통된 주제로 토론하며 지식과 우정을 나누었기에 독서모임을 지속할 수 있었다. 내 인생에서 독서모임은 한 줄기 빛과도 같은 선물이었다. 독서모임이 있어서 책과 친숙해질 수 있었다. 책과 친하게 지내고 싶다면 독서모임을 나가 보는 것을 추천한다. 처음에는 익숙하지 않겠지만 차츰 시간이 지나면 지날수록 책과 함께하는 일상을 살고 있는 자신을 발견하게 될 것이다.

책과 친숙하지 않았던 나는 이제는 가방 속에 책을 넣어서 다니며, 어디서든 독서하는 준비 자세가 되어있는 사람이 되었고 책의 재미를 알게 되었다. 시간이 없어서, 읽을 여유가 없어서, 재미가 없어서라는 이유는 이제는 나에게 핑곗거리에 불과하다. 책을 읽을 시간이 없으면 자투리 시간을 활용해서 틈틈이 보면 되고 여유가 없으면 더욱더 책을 보아야 자신에게 집중할 수 있는 시간과 삶의 여유가 생긴다. 어느 순간 책 속에 빠져들어 있는 나를 발견하고 책의 진정한 묘미를 알게 되는 날이 올 것이다. 동시에 독서로 인하여 빛나는 삶을 살고 있는 자신을 발견하게 될 것이다. 빛나는 마법과도 같은 일들을 경험하고 싶다면 지금부터 가방 속에 책을 넣고 함께 동반자로서 걸어가 보는 건 어떨까 싶다.

제4장.

빛나는 나로 반짝이는 삶을 살아갑니다

더욱 빛나는 내가 되기 위하여

(황유진)

스무 살부터 뭘 해야 할지 고민했고, 어떤 꿈을 꿔야 하는지 찾아 헤맸다. 마흔이 지난 지금도 여전히 책 속에서 길을 찾고 있다. 그렇게 발버둥 치며 살았어도 변한 것 하나 없이 그대로일까 실망하고 다 내려놓기도 했다. 시간이 지나서야 방황했던 날들이 허투루 지나간 게 아니라는 걸 알았다. 걸어온 길 위에서, 사람들 사이에서 그리고 책 속에서 헤맨 각각의 시간은 모두 무언가를 남겼다. 남겨진 것들이 쌓여서 지금의 내가 되었다는 걸 이제 조금은 안다. 실수하고 실패한 지나간 날들은 나를 다른 길로 이끌었다. 더듬으며 나아간 하루와 숱한 실행 기록들이 지금의 나를 만들었다. 원하는 결과를 만들지 못했어도 후회가 남지 않았다. 해보지 않았다면 몰랐을 테니까. 헤매고 있는 모든 과정에서도 성장하고 있었음을 과거의 내가 알려주었다.

육아에만 매달리다 보니 내가 없었다. 하루 24시간이 온통 아이로 채워졌다. 잃어버린 나를 찾기 위해 아이 엄마가 아닌 나 자신을 위한 일을 하고 싶었다. 아이를 키우면서 뭘 할 수 있을까 고민하다가 블로그 수익화를 위한 강의를 듣고, 인스타그램 계정을 키울 방법을 알려준다는 강의도 들었다. 하라는 대로 했지만, 원하는 결과는 나오지 않았다. 되돌아보니 강사들의 성공한 모습이 부럽고, 뭐든 성공하고 싶다는 마음만으로 덤볐다는 걸 알았다. 정말 원하는 게 무엇인지 진지하게 들여다보지 못했던 거다. 내 안에 있는 답을 찾기 위해 다시 책을 찾았다. 무턱대고 남들이 찾은 답을 나에게 적용하자니 잘 모른 채 이리저리 흔들렸다. 그 와중에 책을 잡은 건 어렴풋이 내 안에 있는 답을 발견하고자 함이었다.

다시 내 삶의 의미부터 돌아보는 중이다. 어떤 삶을 원하는지, 어떤 미래를 꿈꾸는지 여전히 선명하지 않다. 하지만 책을 읽으며 조금씩 목표를 다듬어가고 있다. 누군가는 100세까지의 계획을 세우기도 하던데 나는 10년 후도 막막하다. 미래를 그려보는 것도 연습이 필요한 일이었다. 다른 사람들이 그리는 미래를 따라 그리는 게 아니라 내가 원하는 몇 년 후를 그리려고 한다. 책은 여전히 많은 방법과 길이 있다고 알려준다. 아직도 이렇다 할 꿈과 목표를 손에 쥐지 못한 채로 길 위에 서 있는 기분이다. 하지만 충분히 헤맨 이십 대의 내가 있기에 흔들리지 않고 바른 방향을 찾아 나갈 수 있다고 믿는다. 성공한 이들의 책을 읽었다. 그들의 치열한 노력을 단 몇 페이지의 줄글만으로 다 안다고 할 수는 없다.

다만 그 발자취를 조금씩 따라가며 나만의 답을 찾아보려 한다.

좋은 어른이 되고 싶다. 내 아이에게 본이 되는 좋은 어른으로 이 사회에 기여하는 사람이 되고 싶다. 소란한 사회에서 같이 흔들리며 벽을 세우는 사람이 아니라 함께 사는 세상에서 편견을 깨고 포용하고 관용하는 어른으로 성숙해지길 원한다. 나이가 들수록 시야가 좁아지고 생각이 굳어지지 않도록 내 안에 쌓이는 편견과 치열하게 싸우고 싶다. 말이 안 통하는 엄마가 아니라 대화가 되는 멘토로 아이 옆에 있고 싶다. 그걸 위해서도 책을 읽는다. 책이 시야를 넓혀주고, 미처 보지 못한 것들을 보게 해주기 때문이다. 아는 만큼 보이고, 보는 만큼 느낄 수 있다. 느낀 것이 있을 때에야 변화의 물꼬를 틀 수 있다. 바른 방향으로 가기 위하여, 책이 필요한 이유가 되겠다.

요즘 주제 독서를 하고 있다. 더 알고 싶은 분야가 생기면 해당 주제에 관련된 책 여러 권을 연달아 읽는 독서법이다. 밑져야 본전이란 생각에 시도해보니 독학을 해야 하는 나에게 맞는 독서법이라는 걸 알았다. 낯설었던 용어들이 점점 눈에 들어오고, 이해가 안 되던 내용도 읽을수록 정리가 되었다. 주제 독서로 관심사를 이어가며 따라가니 조금씩 나만의 답을 찾아가며 성장해가는 걸 느낀다. 그 과정에서 살아있는 나를 만나는 즐거움에 자꾸 책을 잡게 되니 성장의 선순환이 일어난다.

요즘 경제에 대해 관심이 많다. 예전에는 주식이니 부동산이니 하는 데 관심도 없었고, 공부할 필요 없다고 생각했다. 모두가 주식에 뛰어들던 2020년, 나도 증권사에 계좌를 만들었다. 분야별 산업을 훑어보다 사게 된 첫 주식이 갑자기 30%까지 상승했다. 너무 잘 고른 건가 싶어 계속 샀는데 주가가 내려가더니 마이너스가 되었다. 뭣도 모르고 해보니 공부가 필요하다는 걸 알았다. 하지만 책을 읽고, 뉴스를 봐도 막막함을 더 많이 느껴서 손을 놓아버렸다. 최근에 경제독서를 하면서 주제 독서를 시작하니 마음가짐이 달라졌다. 배당주, 부동산, 경매 등 분야를 정하고 여러 권을 연달아 읽으니 하나씩 마스터한다는 느낌을 받았다. 도장 깨기를 하듯 분야를 넓혀가는 과정이 신나기까지 했다. 경제 공부가 이리 신날 일인가 싶다가도 개념을 알아갈 때마다 나한테 어떤 공부가 필요한지 더 찾아보며 관심 분야가 넓혀졌다. 책을 읽다가 더 알고 싶어지면 강의도 찾아들었다. 예전 같으면 광고에 솔깃해서 이 강의 저 강의 마구 찾아 들었겠지만, 이제는 나에게 부족한 부분을 채울 수 있는 강의를 골라 듣는다. 강의를 듣고 연결해서 책을 읽고, 실제로 적용을 해봐야 비로소 또 한 걸음 성장한다. 성장하고 있다는 걸 느낄 때, 역동적으로 삶을 살아간다고 느낀다. 그 벅찬 기쁨이 내가 계속 책으로 돌아가는 이유이며, 책으로 내 삶이 빛난다고 느끼는 지점이다.

자라지 않는다면 살아있다고 할 수 없을 것이다. 내 꿈이 살아

숨쉬기 위해서라도 나는 성장해야만 한다. 앞으로 누굴 만나고 무엇을 경험하게 될지 현재로서는 알 수 없다. 분명한 건 좋은 모임에 참여하거나 도움이 되는 강의를 접할 때마다 계속 책을 찾을 것이라는 점이다. 알면 알수록, 배우면 배울수록 책을 더 찾을 것이다. 책이 언제나 손닿을 거리에 있어서 감사하다. 하나씩 알아가며 계속 자라 가야지 다짐한다. 내가 성장할수록 내 삶 또한 반짝일 것이다. 책과 함께할 나의 내일이 오늘보다 조금은 더 빛나지 않을까. 어제보다 빛날 오늘, 손을 내밀어 책을 붙드는 것부터 시작해보려 한다. 책은 모두에게 조건 없이 열려있으니까.

낡아가나 녹슬지 않는 삶

(서정아)

삼십 후반에 들어서면서 지독히 아팠다. 마음이 무너지니 몸도 함께 아팠다. 일이든 인간관계든 세상이 나를 벼랑 끝으로 몰아붙이는 것 같았다. 하루가 다르게 체중이 줄었다. 한 달 새 5kg 넘게 빠졌다. 이대로는 살 수 없겠다 싶어 상담을 받기 시작했다. 나는 왜, 무엇을 위해 사는지와 같은 고민이 마음을 어지럽히던 시기였다. 일상에서 기대할 것도 없고, 삶을 지속할 동기도 찾을 수 없었던 때였다. 마치 텅 빈 곳에 홀로 버려진 느낌이었다. 이런 상태에서 벗어나야 한다는 절박함만 있었다. 어떻게 벗어날 수 있는지, 벗어날 수 있기는 한 건지 알지 못해 답답했다. 행복이나 마음, 심리 등과 관련된 책들을 보기 시작했고, 책을 읽고 나면 조금 알 것 같은 기분이 들기도 했다. 30대 후반이 돼서야 본격적으로 나라는 사람에 대해 돌아본 셈이다. 책을 보며 몰랐던 나를 마주하기도 했다. 마음에 쏙 들다가도, 어느 순간에는 인정하고 싶지 않은 모습을 발견했다. 비영리에서 일하길 선택했지만, 팍팍한 삶이 진저리났다. 가족을 사랑하지만, 함께하는 시간만큼 혼자만의 시간을 간절히 원했다. 어려운 시절을 이겨내고 성공한 부모님을 존경하지만 불안함, 서운함 등 어릴 적 감정들이 남아있음을 깨달았다. 상담 시간에 그대로 나를 드러내 보인다는 것이 때로 쑥스럽고 두렵게 느껴졌다. 하지만 책을 읽는 동안에는 누구에게 보일 필요도, 꾸밀 필요도 없이 내면을 편히 바라볼 수 있었다. 책을 읽는다고 단번에 나아지지 않았다. 그때그때 불완전한 나를 알아차리고, 인정하려 했다. 그래야 나 자신에게 변화할 기회와 여유를 줄 수 있었다.

지극히 개인적이지만, 의미 있는 일들을 찾아 몸으로 느끼기 위해 노력했다. 아침마다 아이들을 품 안에 안는 것, 다정한 말 한마디 건네줄 친구를 만나는 것, 부모님께 거는 안부 전화, 식사기도, 산책 등. 작지만 일상 곳곳에서 발견할 수 있는 의미 있는 순간들을 기억하기 위해 글을 쓰기 시작했다. 동시에 책을 읽은 기록을 함께 남기기 시작했다. 5분이든 10분이든 읽고 난 후 떠오른 생각이나 감정을 한 줄이라도 적었다. 문장으로 기록하기 어려운 날에는 간단한 표정 그림이나 색으로 표시를 해두곤 했다. 몇 줄 기록했을 뿐인데, 기록하기 이전보다 나를 이해하는 데 도움이 되었다. 날마다 조금씩 쓰다 보니 예상치 못한 순간에 내 마음과 마주할 때가 있었다. 남들은 당연하게 해내는 일이 내겐 어렵고 버겁게 느껴져 속상하다고 적었던 날. 아침에 일어나 품 안에 파고드는 작은아이가 눈물 나게 소중했던 날. 하루의 조각을 글로 남기는 작업은 엉망진창이라고만 여겼던 하루를 다시 바라보게 했다. 그날을 새롭게 기억할 수 있도록 만들어주었다.

독서와 기록으로 하루가 조금씩 달라졌다. 어둠 속에서 희미한 빛을 발견하듯, 아침마다 책을 읽고 잃어버린 마음을 돌아보며 나를 이해하려 노력했다. 타인의 인정을 갈망하며 성취만 좇던 나는, 이제 조용히 나를 돌보는 법을 배우기 시작했다. 처음에는 하루 5분, 10분이었지만 이 작은 시간은 하루의 시작이자 나만의 소중한 의식으로 자리 잡았다. 매일 같은 시간, 같은 자리에 앉아 책을 펼치고, 그 순간 느낀 것을 한 줄씩 적어가다 보면 비로소 '나답게' 살아가고 있음을 느꼈다. 낯설고 불안하기도, 때로는 설레며 나를 마주하는 시간을 쌓아갔다. 나를 치유하고, 나다운 모습을 찾아가도록 도와준 독서. 흐트러진 생각과 감정을 정돈하고, 과거의 상처나 불완전한 부분도 안아주는 방법을 배웠다. 책을 읽는 동안 복잡했던 마음이 자연스레 정리되고, 불안하던 마음도 어느새 잔잔해졌다.

하지만 무기력감이 짙었기에 독서와 기록을 꾸준히 이어가기 쉽지 않았다. 끝없이 미루기만 할 것 같아 방법이 필요했고, 독서모임을 찾았다. 독서모임에는 삶의 방향에 대해 비슷한 고민을 하는 사람들이 모여 있었다. 이곳에서는 나를 애써 증명할 필요도 없었고, 누군가에게 인정받을 필요도 없었다. 나누는 이야기 속에서 존재만으로도 충분하다는 위로가 자연스레 전해졌다. 솔직하며, 따뜻한 공동체였다. 서로에게 자신을 기꺼이 열어 줄 마음을 가진 사람들이 모였다. 각자가 가진 아픔이나 고민을 나누면서도 서로를 지지하고 격려하는 이들의 따뜻한 시선이 고마웠다. 책을 통해 만나, 사람들이 자신의 삶과 마음을 기꺼이 나누고, 채워주었다. 혼자가 아니었다. 독서와 기록을 통해 얻은 경험은 혼자만의 것이 아니었다. 내 경험이 다른 이들에게도 위로가 되기도 했다. 서로의 고민과 성찰을 나누며 깊은 공감과 연대를 경험했다. 그들의 이야기에 새로운 관점과 지혜를 얻기도 했다. 각자 다른 길을 걸어온 우리가 한 권의 책으로 연결되고, 그 안에서 따뜻한 공감과 응원을 주고받으며 함께 성장해가는 경험은 선물과도 같았다.

독서와 기록은 나를 돌보고 내면을 채워가는 일상의 의식이 되었다. 책장을 넘기는 순간, 일상에서 잠시 벗어나 자신과 마주하는 시간이 시작된다. 조급한 마음을 내려놓고, 누구에게도 말하지 못했던 생각이나 감정을 고요히 글로 적어본다. 나를 이해하고 내면을 정리하기 위한 시간으로 진짜 나를 알아차리기 위해 집중한다. 저자들의 지혜와 통찰은 마주하기 어려웠던 문제들을 조금 더 용기 있게 바라보게 하고, 해결할 힘을 더해준다. 하루를 시작하는 이 시간이야말로 삶의 중심을 잡아준다. 나답게 산다는 것은 나를 알아가는 여정이며, 그 여정의 동반자가 바로 독서와 기록임을 깨닫는다.

시간이 흐르며 외형이 변하고 늙는 것은 누구도 피할 수 없는 일이다. 다만, 생각과 마음만은 빛을 잃지 않았으면 한다. 낡아가지만 녹슬지 않는 삶을 꿈꾼다. 녹슬지 않으려면 끊임없이 자신을 닦아내고 돌봐야 하지 않겠는가. 책을 읽고 기록하는 일이야말로 세월이 흘러도 녹슬지 않는 삶으로 가는 가장 확실한 길이다. 책을 보며 새로운 시각과 지혜를 배우고, 내면의 단단함을 길러 간다. 혼자 또는 함께 책을 보며, 서로 용기와 위로를 건네며 한 걸음씩 나아간다. 나를 발견하고, 더 나은 삶을 만들어 가는 끝없는 여정. 독서와 기록은 흘러가는 세월 속에서 자신을 지키는 등불이 되어 줄 것이다. 그 빛을 따라 하루하루 살다 보면 끝내, 온전한 나로 빛나는 순간에 다가서게 되리라.

독서가 독서로만 끝나지 않도록 그 빛을 이어간다

(강소이)

내일모레 마흔, 나의 세상은 갓 태어나 주변을 처음 둘러보는 아이의 것처럼 낯설기도 하고 신기하기도 하다. 같은 공간, 같은 자리에 있던 물체들도 다르게 보이고 반복되던 일상도 새롭게 느껴진다. 하고 싶은 일이 많다 보니 마음은 바쁘고 손은 빨라지며 특히 눈은 유달리 분주해진다. 택배로 주문한 도서가 도착했다는 문자가 온다. 내 얼굴은 낯선 여행지에서 첫 발걸음을 내딛는 사람처럼 생생하다. 아이를 데리고 키즈카페에 가는 날이면 못 읽을 걸 알면서도 책 한 권을 가방에 넣는다. 물티슈에 여벌 옷에 간식까지 넣어 빵빵한 가방에 책까지 더하면 몸이 휘청거리도록 묵직해진다. 무거운 가방이 싫어서 책이라도 뺄라치면 마음이 유독 무겁기만 하다.

다행이다. 나를 웃게 하고 무언가 할 수 있다는 자신감을 주는 것이 세상에 있다는 것이. 그리고 그것이 책 한 권이면 된다는 사실이. 시간이나 형편 때문에 자유롭지 못한 내가 꿈을 꾸고 미래를 계획하고 오늘보다 나은 내일에 희망을 가질 수 있게 만드는 것이 책이다. 오늘 당장 나를 바꿀 수 있는 역할을 하는 것도 책이다. 내 생각을 뒤집고 마음을 움직이는 아주 기특한 효자상품이 아닐 수 없다. 세상은 그대로인데 해석이 달라진다. 세상을 바라보는 관점이 바뀌고 생각의 폭이 넓어진다. 다르게 생각하니 감사할 일이 생긴다. 하루를 의미 있게 보내고 싶어서 새로운 습관을 만들게 된다.

생각도 참 많은 사람이다. 대게는 그 생각이 망상으로 끝나고 시간 때우기 용으로 지나가 버리지만, 육아와 독서를 함께 하면서 시간 활용을 잘하는 사람이 되어간다. 아이 엄마가 되고 나니 혼자만의 시간은 언감생심이고 책 읽을 시간이 없다 보니 틈새 시간을 되도록 알차게 써야 했다. 통시간을 내어 각 잡고 읽기보다 기억에 남기기 위해 단 한 줄을 읽더라도 집중하는 사람이 되었다. 아이가 어린이집에 가 있는 시간은 선물이다. 흐지부지 보낼 수 없었다. 아이와 함께하지 못한다는 미안함은 잠시 접어두고, 기회가 생긴 만큼 생산적으로 쓰려고 읽고 또 읽었다. 읽은 것을 남기려 하다 보니 점차 남길 만한 것을 읽어가며 숨통이 트였다.

읽는 책의 주제도 다양해졌다. 아침에는 브랜딩, 점심때는 마케팅, 저녁에는 경제서와 인문학, 아이가 잠든 밤에는 육아서를 읽는다. 한 권만 정해놓고 읽는 게 아니라 그때 그 순간에 맞는 책을 읽고 있다. 갈증이 날 때 마시는 물이 가장 단 것처럼 필요할 때 읽는 책은 쏙쏙 이해가 되고 흡수가 된다. 한 권씩 읽으면서 한 문장씩 쌓아 나간다. 독서모임으로 나는 멤버들에게 무엇을 도울 수 있을 것인지 항상 고민한다. 모임에 참여하고 감사일기를 작성하면서 화가 났던 일보다 감사함으로 하루를 마무리하게 된 멤버들이다. 무심히 지나쳤던 하루를 감정을 추스르며 돌이켜보고 반성하면서 감사함 한 조각을 찾는다. 나의 질문을 통해 엄마인 자신의 행복지수를 처음으로 생각해보게 되었다는 멤버들의 이야기를 들었다. 앞으로 하고 싶은 일들이 머릿속에 방울방울 떠올랐다. 질문 하나가 또 다른 생각을 불러오고 일상을 변화시킨다. 나 자신을 찾고 싶어졌다는 멤버들을 돕고 싶다. 내가 나를 찾고 싶어서 시작한 독서모임에서 멤버들의 심장이 같은 이유로 뛰기 시작했다는 것을 느낀다. 벅차다. 앞으로 더 할 수 있는 것이 무엇이 있을까 찾아가는 동시에 자신감이 생긴다. 어떤 이야기를 나눠볼까, 무슨 내용으로 노트를 채워볼까 궁금하고 기대된다.

마음의 여유가 없었던 탓일까. 아이와 나, 단둘만 존재하는 듯했고 모든 신경이 육아에만 집중되어 있었다. 아이가 기침만 해도 병원은 다녀왔냐고 묻는 가족들의 관심이 부담스러웠다. 때에 맞춰 영양제는 잘 먹이고 있는지 물어보는 사람들의 질문이 무거웠다. 작은 것 하나라도 놓치는 것이 있으면 더해지는 가족들의 작은 질책에도 그동안 쌓아온 자신감이 훅 떨어졌다. 하고 싶은 일이 생기니 땅을 파고 들어가던 자존감이 다시 올라간다. 아이도 환히 보이고 엄마인 나도 보이고, 나로서의 내가 보이기 시작한다. 책과 육아. 함께하면 책 육아. 경력단절로 할 수 있는 게 없다고 느낀 내가 책을 읽으며 다시 활력을 찾았다. 아이와 살 부대끼며 사는 재미를 느끼며 살아간다. 책 읽는 즐거움을 아이와 함께 나누며 책으로 하루를 살아가는 내용을 담아보고 싶다. 없어졌다고 생각했던, 잊었던 나를 찾아가는 과정이다. 책은 늘 내 삶 속에 있었다. 내가 정신이 없어 눈에 보이지 않았을 뿐이다. 늦지도 빠르지도 않은 지금이 딱 좋다.

지금보다 시간적 여유가 있었던 결혼 전, 나에 대해 알아갈 생각조차 하지 않아서였는지 할 이야기도, 하고 싶은 말도 없었다. 아이를 낳고 보니 정신은 없는데 해내야 하는 역할은 늘어났다. 아침부터 저녁까지 엉덩이 한 번 못 붙이고 집안일을 하고 육아를 하고 침대에 쓰러지듯 눕는 날이 많다. 집안일만 하기에도 24시간이 모자라다 느껴서인지 더욱더 시간을 쪼개 살아가고 있다. 그 어느 때보다 바쁘지만 나만의 시간을 만들기 위해 더 부지런해지려 노력하고 있다. 엄마가 먼저 행복해야 내 아이도 행복해진다는 말, 이 말이 참 듣기 싫었는데 요즘은 내가 많이 하고 다니는 말이다. 어떻게든, 무슨 방법으로든 행복해지자. 그러기 위해 돌고 돌아온 길에서 내가 찾은 빛, 독서. 독서가 독서로만 끝나지 않도록 만들어가는 노력. 드라마보다 재미있고 영화보다 스릴 있다. 내 삶의 시계로 만들어가는 영화 끝에 올라가는 엔딩 크레딧에 내 이름 석 자 새기는 과정이 바로 인생 아닐까. 이름 석 자 그게 뭐라고, 뭣이 그렇게 길다고 어디에도 못 낄까. 해보니 알겠다. 많은 글 가운데 내 이름이 박혀 있고 그것을 보는 성취감. 그리고 나만 아는 그 행복하고도 괴로운 과정과 시간을 견뎌낸 과거의 내 노력. 그것만으로 만족한다. 후회 없는 하루를 보냈고 내일도 이렇게 내 행복을 위해 노력할 나를 알기에.

크고 대단한 일을 하는 것만이 사람을 행복하게 만드는 것은 아니었다. 아이가 100일이 지난 후 유모차를 끌고 아파트 단지를 벗어나 마신 달달한 커피 한 잔이 행복했다. 200일이 된 아기를 아기띠로 안고 집 근처 도서관으로 달려가 책 냄새를 맡은 날이 생생하다. 도서관 책상 앞에 앉아있는 사람들을 보고 책장 가득 꽂힌 책들을 눈으로 훑으며 살아있는 기분을 느꼈다. 아이가 더 크면 같이 와서 꼭 책을 많이 읽어줘야지 다짐했더랬다. 그땐 꿈에만 그쳤는데 아이와 함께 도서관을 찾는 지금은 그 꿈을 이룬 작은 행복이 되었다. 뛰어다니기 바쁜 아이를 붙잡고 사서 선생님에게 부탁하여 사뿐사뿐 걷도록 지도한다. “엄마! 조용히! 고양이걸음 알지?” 도서관과 비슷한 건물 앞을 지날 때면 아이는 세상에서 가장 귀엽고 단호한 검지손가락을 자기 입에 갖다 대며 속삭인다. 속삭이는 아이의 눈이 반짝거린다. 새벽에 자주 깨는 아이가 거실에 있는 나를 보면 “엄마는 식탁, 여기서 쉬어~ 나는 공부 좀 할게”라며 책을 들고 책상에 앉는다. 내 모습이 보인다. 나도 모르게 웃음이 난다. 정말로 소소하고 사소한 것에서 행복이 느껴진다.

누구도 구해줄 수 없을 것이라 생각했다. 외롭다고 느꼈던 학창 시절을 무사히 적응하고 나로 회복할 수 있었던 것은 다름 아닌 책이 있었기 때문이었다. 그 당시 입에도 올리기 싫었던 왕따, 외톨이. 가끔 뉴스에서 예전의 나와 같이 작고 움츠러든 어깨로 학창시절을 보내는 아이들을 보고 있노라면 잊었다고 생각했던 그때의 내가 다시 떠오른다. 어른이 된 지금, 그때의 나에게 손잡아 주고 싶은 마음이 간절하다. 그 아이들의 손에도 그때의 나처럼 책이 닿아 빛을 밝혔으면 하는 바람이다. 때로는 책이 삶의 길을 알려주는 빛이 될 수도 있을 테니 그 길을 몰라 헤매는 이에게 등불이 되어 줄 수도 있지 않을까. 숨쉬기 바빠 하루를 돌아볼 여력이 없는 이들 또한 작은 숨구멍은 되어 줄 터다. 이제는 책에서 찾은 작은 빛을 나누어 줄 수 있는 방법을 찾아보려 한다. 독서가 독서로만 끝나지 않도록.

삼십대 끝자락 독서모임을 통해 한계 설정이 풀리다

(고은진)

향수 젖은 선물과 같은 책은 독서모임을 통해 함께 읽기 전과 후로 갈라졌다. 수많은 자기계발서, 경제 도서, 육아서를 보면 나를 먼저 찾으라는 메시지가 담겨 있다. 그런 메시지를 읽고 스스로 질문하며 열심히 나다움만 찾았다. 나다움을 찾아 어떻게 하면 일을 잘할까? 어린이의 10년 후를 생각하는 회사의 방향에 따라 일을 제대로 시작한 2019년부터 일에 대한 사명을 세웠다. 독서를 어려워하는 가정에 나만의 융합 독서 방법으로 책에 대한 내적 동기가 강한 아이로 키우는 데 영향력을 행사하자고 말이다. 사명감이 생기니 우리 아이들뿐만 아니라 내가 만나는 아이들도 책 읽기를 더 시켜주고 싶었다. 아이들보다 엄마들이 조금 더 달라지기를 간절히 바라는 마음으로 육아서를 읽으면 책들의 내용을 하나라도 더 공유하거나 독서 챌린지 방을 만들어 운영했다. 회원들을 직접 만나고 내가 다녀간 날이면 독서 의지를 불태웠다고 이야기한다. 그럴 때면 뿌듯함을 느낀다.

최근 부모들의 연령이 어려지는 요즘, 모두가 그렇지는 않지만 어릴 적부터 책 읽기가 그리 중요하지 않다고 생각하는 부모들이 있다. 의지부터 불 지피는 것이 어려울 때가 많아 씁쓸해지기도 했다. 왜 그렇게 생각하는지, 정말 어릴 때부터 읽기가 왜 좋은지 이야기해 주고 경험시켜 주고자 〈아이의 두뇌는 5세까지 준비하세요〉, 〈다시 책으로〉, 〈4~7세 두뇌 습관의 힘〉, 〈5~10세 아들, 딸 육아는 책읽기가 전부다〉 등 독서 관련 분야의 책을 집중해서 본다. 나부터 다시 책으로 돌아가 책의 필요성을 되새기기 위함이다. 세대가 바뀌는 요즘, 점차 많은 사람들을 만나게 되니 혼자서 하는 읽기보다 다른 사람들의 생각도 알고 싶었다. 독서모임을 통해 같은 책을 읽고 내가 뽑은 황금 문장과 거기에서 느낀 생각 등 매일 기록한 것을 공유하며 다른 사람들의 생각도 알아가는 시간을 통해 견문이 넓혀졌다. 매일 양식에 맞춰 기록하다 보니 잘 쓴 글은 아니지만 좋은 구절은 공유하고 싶은 마음이 들었다.

그동안 읽어도 변하지 않았던 내 갈증은 당연했다. 책을 읽고 내 생각을 적어두는 것은 쉬웠지만, 책을 덮으면 그만으로 잊어버렸다. 또 다른 관심사가 생기면 다른 책으로 눈길을 돌렸다. 자연스레 전에 읽은 책 내용은 생각나지 않는 악순환이었음을 부끄럽지만 고백한다. 독서모임의 리더는 책을 읽고 내 생각을 글로 써보자 했다. 자신과 대화하는 시간을 통해 그간 나조차 알지 못했던 나를 만났다. 그래서 리더가 해보자는 건 이유나 핑계를 대지 않고 해보고 싶었다. 먼저 길을 가본 사람이 이런 방법이 좋았다고 이야기해 주는 것을 그대로 따라 해보고 싶었다.

모임에서 제안받은 공저작업도 새로운 도전이었다. 글쓰기를 해보자는 제안을 듣고 일주일을 넘게 고민하며 주저할 때, 철수는 "일단 해보고 후회하는 게 낫지 않을까요?"하며 제법 어른스레 이야기해 주었다. 철수가 이렇게 말하니 책 읽으라는 말만 하지 않고 옆에서 같이 읽었던 것처럼 아이가 이야기한 대로 글쓰기 하는 모습을 보여야겠다는 생각이 먼저 들었다. "철수가 말한 대로 일단 해봤어. 용기 낼 수 있게 이야기 해줘서 고마워!" 하며 시작한 글쓰기로 꿈이 하나 생겼다.

독서를 어려워하는 가정을 돕자는 사명감에서 더 나아가, 엄마들이 어제보다 나은 삶을 살아가면서 자신의 꿈도 찾아가는 데 조금이나마 영향력을 줄 수 있는 독서모임의 리더가 되어보자는 꿈이 생긴 것이다. 모임을 통해 엄마들이 성장한 이야기를 우리끼리 아는 것에 그치지 않고 콘텐츠로 만들어 블로그에 글도 일정히 포스팅하며 전자책도 써보고 싶어졌다. 또 까다로운 아스퍼거 증후군 아이 이야기를 "이럴 땐 이렇게 해보세요" 하며 옆집 언니처럼 따뜻하게 조언해주는 나만의 에세이도 언젠가 완성해보고 싶어졌다. 그래서 아이들이 몸도 마음도 건강히 자라는 동안 엄마도 이렇게 성장했다고 10년 후 성인이 된 아이들과 추억을 회상하는 즐거운 상상도 잠시나마 해본다. 아버지가 내게 향수를 불러일으킨 장면을 선물해 주신 것처럼 말이다.

혼자서 읽기만 했다면 전에 해보지 않은 일들을 해낼 수 있었을까 자문해보면, 독서모임을 하지 않은 나는 시도하지 않았을 것이라고 답했을 것이다. 먹는 것도 좋아하는 것만 먹고 새로운 음식은 시도조차 하지 않는 내게, 처음 해보는 일을 시작하는 것은 있을 수 없는 일이기 때문이다. 마치 아이들에게는 "새로운 것도 한번 해봐야지"라고 이야기하면서, 속으로 '나는 못 하면서 말만 하네?' 하며 찔리는 것처럼 말이다. 읽기를 넘어 생각을 정리해 써보는 것과 새로운 독서 환경을 만든 것은 가보지 않은 곳도 가 보라며 제한 구역을 풀어주는 역할을 톡톡히 했다.

독서모임을 통하지 않았다면 다가오는 2025년은 내게 마흔으로 접어드는 길목이라 암담하기만 했을 것 같다. 아홉수를 지나 새 숫자를 맞이하는 것이 처음도 아닌데, 내게 40대는 중고등학교로 진학할 아이들이 먼저 떠올랐다. 남자아이 둘이라 앞으로 우리와 함께하는 시간이 줄어들겠지, 집을 기숙사처럼 이용하며 얼굴을 제대로 볼 시간도 없겠지 하며 아직 일어나지도 않을 일들이 올초부터 먼저 떠올라 40대가 두렵기도 했다.

글쓰기를 한 지금 스스로 지어둔 경계선이 풀렸다. 앞으로 항해할 곳이 더 많아진 것 같아 다가올 마흔이, 앞으로의 삶이 더 기대된다. 현재 참여하고 있는 독서모임을 꾸준히 하면서 언젠가 나도 리더가 되어 모임을 꾸려보고 싶다. 또 경제적으로 힘들어 바닥까지 내려갔지만, 나도 책의 도움을 받고 현재는 몇십 억 자산가가 되었다며 남에게 이야기해줄 수 있는 멘토가 되고 싶다. 내가 〈웰씽킹〉이나 〈보도섀퍼의 돈〉, 〈가장 빨리 부자되는 법〉 등의 책을 통해 도움을 받은 것처럼 당신도 일어날 수 있는 방법을 찾아가는 데 함께 도와주겠다며 1인 기업가로 코칭해 주는 일도 해보고 싶어졌다.

책을 통해 나다움을 찾아가지 않았다면 현재의 삶이 편안해 새로운 도전조차 하지 않아 안전지대에서 못 나왔을 것이다. 하지만 안전지대를 나와보니 하고 싶은 게 더 많아지고 새로 해볼 만한 것들이 더 많이 보였다며 당신도 안전지대 밖을 나와보라고 손 내밀어주고 싶다. 그러니 전에 해보지 않은 일을 해내면서 자신을 찾는 여정을 함께 해보자고, 안전지대를 나가보면 재미있는 일들이 더 많다고 빛나는 여정을 자꾸자꾸 말해주는 누군가의 멘토이고 싶다. 이렇게 가다 보면 힘들 때 내게 손 내밀어 준 멘토들처럼, 나도 언젠가 먼저 손 내밀어주는 멘토가 되길 기대하며 기도한다.

더 좋은 어른이 되고 싶어

(김민정)

대학 졸업 후 15년 동안 쉼 없이 일해 오다 몇 달 전, 직장에서 임신 후기 출산휴가와 육아 휴직 승인을 받고서 많이 설렜다. 더 이상 왕복 3시간이 넘는 먼 거리 출퇴근을 하지 않아도 되는 자유와 모든 일과 책임에서 벗어나는 홀가분함을 마음껏 만끽했다. 하지만 지금 생각해 보니 말 그대로 육아 휴직은 오롯이 '육아'를 위한 휴직의 시간으로 주어진 것을 깨닫는다. '육아'라는 명목이 있는 휴직이라는 것이다.

아기가 태어난 직후, 가장 행복한 때일 것이라고 말하는 이들도 있었지만, 나에게는 갓난아기와 집안에 함께 있는 온종일 외로움이라는 감정을 크게 느꼈다. 이런 나의 마음을 나눌 누군가가 있으면 좋겠다고 생각했다. 말동무가 너무 절실했기 때문이다. 시간만 있으면 주야장천 볼 수 있겠다던 티브이 시청도, 좋아하는 라디오 방송도 어느 시점부터는 흥미를 잃고 지루하게 느껴졌다. 거실에 틀어둔 라디오 프로그램 디제이가 바뀔 때면 두 시간씩 시간이 훌쩍 흘러가고 있는 것을 체감했다. 줄곧 남편이 돌아오는 저녁 시간과 남편이 쉬는 날만을 기다렸다.

그러다 함께 책을 읽고 성장하는 이들과 만났다. 주변 환경의 영향을 많이 받는 나에게 있어 매일 하나라도 더 배우고 성장하기 위해 부지런히 살아가는 사람들과의 연결은 참으로 큰 축복이다. 먼저는 매일 독서하는 습관을 갖게 됐다. 좋아하는 분야로부터 시작해서 조금씩 관심사를 넓혀가게 되자 내 안에 사그라들었던 삶에의 호기심과 열정에 다시 불을 붙일 수 있게 됐다.

요일마다 방영하는 프로그램을 꿰고 찾아보던 티브이광이었던 내가 황금 같은 프라임타임에 독서 인증으로 인해 책상 앞에 앉는다. 그러고는 오늘의 독서를 하는데, 그렇게 짧은 시간이나마 책을 펼쳐 읽다 보면 탄력이 붙어 어느새 독서 시간이 늘어나고 더 읽고 싶은 책들도 생긴다. 또 함께하는 이들의 독서와 사색의 흔적을 보며 좁고 낮았던 나의 시야도 확장된다. 낯설고 다양한 영역으로의 도전까지 받게 되는 데다 홀로 독서하는 외로움도 없다. 24시간 서로 격려하며 마음껏 성장을 축복하는 동지이자, 안전한 성장의 둥지가 되어주니 더 이상 고립되어 시간을 외롭지 않게 보낼 수 있었다.

책 읽기를 통한 새로운 도전과 실천은 정지된 것 같던 내 삶에 작은 도전과 생기를 불어넣고 있다. 아기가 태어나면서 늘어난 물건들로 항상 공간이 부족하다며 불평했었지만, 도미니크 로로의

〈심플한 정리법〉이라는 책을 읽어가며 조언을 얻었다. 물건에 미련이 남아 정리하고 버리는 것을 늘 어려워하다가 1일 3가지 버리기를 실천했다. 수년 동안 끌어안고 살았던 빼곡한 옷과 버리기 아까워서 이사할 때도 들고 왔던 가구들을 버리고 나누어 처분할 수 있었고, 비움으로써 새로운 공간을 만들어 가는 법을 배웠다.

또 이영미 작가의 〈마녀체력〉이라는 책과 함께 출산 후 다시 운동을 시작하게 됐다. 저질 체력이었지만 나이 마흔에 운동을 처음 시작하고 10년 동안 한 가지씩 도전해 철인 3종 경기까지 출전하게 된 이야기다. 아기가 태어난 지 100일쯤 되었을 때였는데, 생전 한 번도 해본 적이 없는 기구 필라테스에 처음 도전했다. 기본기가 없어 너무 힘들었지만, 덕분에 나름의 운동 페이스를 찾아가게 됐고 지금은 일주일에 두세 번 아기를 남편에게 잠시 맡기고 저녁 시간 짬을 내 집 앞 헬스장에서 체력을 단련한다.

천천히, 조금씩, 꾸준히만 하면 된다는 작가처럼 나이와 상관없이 마녀 체력을 갖고 인생의 변화를 만들어 갈 체력과 자신감을 쌓아가고 싶기 때문이다. 이제는 엄마가 되어 남편과 자녀, 나 자신까지 돌보며 계속 성장하고 싶다는 소망이 생겨나 체력에 대한 절실함, 절박함이 커진 것이다.

최근에는 언제 어디로든 운동화만 신으면 내달릴 수 있는 러닝의 매력을 알아가고 있다. 처음엔 2~3분 뛰는 것도 버거웠지만, 조금씩 시간을 늘려 지금은 30분이 넘는 시간 동안 뛸 수 있게 됐다. 〈30일 5분 달리기〉, 〈달리기가 나에게 알려준 것들〉과 같은 책으로부터 달리기에 대한 정보와 그들의 인사이트를 얻어가며 나만의 시간에 나만의 속도, 나만의 레이스를 펼쳐가고 있다.

수유하는 동안에는 멍 때리기보다 좋은 시를 읽기로 했다. 아기와 눈을 맞추며 이야기할 때도 있지만 심심할 땐 좋은 시를 모아 엮은 책 한 권을 소파 옆에 두고 시 한 구절을 가슴에 머금어 본다. 매일 몇 차례 반복되면서 지루함이 느껴질 법도 한 수유 시간이지만, 향기로운 시 구절로 침체된 마음과 정신을 환기한다. 좋은 구절은 입으로 낭독하고 아기에게 되뇌며 들려주기도 한다. 시를 읽는 동안 거실에 쏟아지는 햇빛, 창밖에 흘러가는 구름, 솔솔 불어오는 바람은 이 시간을 함께해주는 친구가 된다.

조용히 방에 들어가 잠든 아기를 본다. 하루가 다르게 커지는 손과 발, 한 올 한 올 새싹처럼 올라오더니 어느새 다 자란 풍성한 속눈썹, 조금씩 매일 바뀌는 얼굴이다. 쌕쌕 숨을 내쉬며 자는 모습을 보니 산부인과에서 아기의 심장 소리를 처음 들었을 때의 감격이 생생하다. 그날 처음으로 들었던 너의 심장의 소리가 지금도 이렇게 힘차게 뛰고 있구나. 삶이란 건 참으로 기적 같은 거란 생각에 잠든 아가를 바라보니 매일 매일 신기하다. 이렇게나 어여쁜 딸 인생에 좋은 것만을 주고 싶다는 생각이 든다. 하지만 우리의 삶이란 희로애락이 다 담겨 있다는 것을 알기에, 그저 책과 함께 울고 웃으며 또 도전하고 뛰어넘으며 내면이 건강하고 강건한 사람으로 자라나기를 바란다. 그리고 이 세상의 아름다움을 감탄하고 누리며 삶을 즐거워할 줄 아는 행복한 사람으로 살아갔으면 좋겠다.

요즘 자주 꺼내 보는 책은 신현림 시인의 〈딸아, 외로울 때는 시를 읽으렴〉, 송정연, 송정림 자매의 〈엄마, 우리 힘들 때 시 읽어요〉, 그리고 한성희 작가의 〈딸에게 보내는 심리학 편지〉이다. 모두 '딸' 시리즈의 책들인데, 결혼하기도 전에 이 책들을 사두었다니 웃음이 났다. 산 지 5년이 훌쩍 넘은 책들이지만, 최근에 다시 보게 되면서 진짜 딸을 낳게 되어 다행이라는 생각이 들었다. 책 속의 엄마와 딸처럼, 한 살 한 살 아이가 커가면서 아름다운 시와 이야기들을 함께 읽고 나누고 싶다는 꿈도 가져 본다. 그렇게 혼자 드나들었던 서점과 도서관 데이트도 꼭 해보고 싶다.

임신과 출산을 통해 책을 다시 만나고 책을 통해 성장하는 사람들을 만나니, 출산 후 자기 계발의 이유와 목표가 바뀌었다. 먼저 딸에게는 좋은 엄마, 어른이 되고, 또 배우자에게는 지혜가 가득한 아내가 되고 싶다는 소망이다. 꿈이 생기니 이제는 육아 휴직의 시간이 정체되고 고립된 시간이 아니라 하루하루가 성장하는 기회가 되었다.

육아로 인해 이전만큼 할 수 없게 된 것을 아쉬워하는 것이 아니라, 삶의 관점을 바꾸어 육아 덕분에 할 수 있는 것으로 채워가기로 한다. 하루가 다르게 자라가는 딸 만큼, 엄마인 나도 무럭무럭 자라는 시간이길 바란다.

나아가 계속해 오고 있는 나의 일 - 미디어로 세상을 바꾸어 가는 일처럼, 생명을 담은 메시지로 누군가를 살리고 삶의 회복과 성장을 돕는 사람이자, 좋은 어른이 되고 싶다는 것도 나의 바람이다.

매일 책 속에서 내 안에 꺼져가는 불들을 다시 켜며, 갈 길을 비추어 가는 간절함이 담긴 시간. 내 체질을 변화시킬 수 있는 작은 혁명의 시간을 보내고 나면 또 어떤 모습의 내가 될까.

언젠가는 딸과 내 인생의 책들을 함께 읽고 나누고 싶다. 또 아이가 좋아하는 책도 함께 읽으며 계속 배우고 성장하며 성숙하기를 꿈꾼다. 너와 나의 세계가 만나 더 큰 꿈을 꿀 수 있기를, 더 넓은 세상을 품는 우리가 되기를. 그 교차점엔 언제나 책이 있을 것이다.

뇌와 마음을 깨우는 독서, 나의 빛이 되다

(박은경)

뇌 과학책이 켜켜이 쌓인 책상. <내가 뇌인가, 뇌가 나인가>라는 블로그 포스팅을 완성해간다. 밤마다 이렇게 책과 씨름하는 건, 뇌 과학이 교육 현장에 가져올 변화를 믿기 때문이다. 형광펜으로 줄 그은 문장들이 노트를 가득 메우고 있다. 며칠째 이 글로 고민하고 있다. 밤늦게까지 책과 모니터를 바라보다 창밖으로 시선을 돌리면 어느새 달이 떠 있다. 글을 쓰다 말고 멍하니 달을 바라본다. 한 주제에 이토록 몰두하는 것이 과할지 모르지만, 누군가에게 이 글이 도움이 될 수도 있다는 생각에 자꾸만 수정하게 된다. 이 전문적인 내용을 독자들의 삶과 연결하고 싶다. 머릿속에서 맴도는 책의 내용들을 독자들이 이해하기 쉬운 언어로 바꾸는 일은 생각보다 어렵다. 하지만 뇌 과학 연구 결과를 교육 현장에 적용하는 방법을 고민하고 글로 풀어내는 과정은 가슴을 뛰게 한다. 처음에는 서툴게 시작했던 글쓰기가 이제는 가장 기다려지는 순간이 되었다.

며칠 전 블로그에 '선생님 글을 읽고 우리 아이를 더 잘 이해하게 되었어요.'라는 댓글이 적혀 있었다. 그 한 줄의 글이 마음을 따뜻하게 했다. 몇 달 전 만난 민수(가명)라는 5학년 남자아이가 생각난다. 고개를 떨군 채 책상에 앉은 아이의 목소리에 힘이 없었다. 책을 읽으라고 하면 한숨부터 내쉬는 아이였다. 책 읽는 것이 너무 힘들다고 했다. 눈으로는 책을 보고 있지만, 마음은 다른 곳을 떠돌았다. 문해력이 부족해 책 읽기를 힘들어하는 이 아이를 보니 감정 표현이 전두엽 발달에 도움이 된다는 연구가 떠올랐다. 그동안 우리는 아이들에게 '책을 읽어야 한다'는 당위성만 강조하지 않았을까. 이제는 다른 접근이 필요한 때였다. 먼저 오늘 자신이 느낀 감정들을 적어보자고 제안했다. 민수는 의아해하며, 책 읽기 힘들다고 했더니 왜 갑자기 감정을 쓰라고 하냐며 머뭇거렸다. 먼저 예시를 들었다. 아침에 일찍 일어났을 때의 상쾌함, 친구와 있을 때의 즐거움, 점심시간의 설렘. 이렇게 나열하니 조금씩 자신의 이야기를 꺼내기 시작했다. 급식 시간의 즐거움, 체육 시간의 신남, 하교할 때 느끼는 가벼움. 그렇게 일주일간 매일 좋았던 감정들을 나누었다. 그러자 표정이 조금씩 밝아졌고 자연스럽게 자신의 감정을 표현하는 법을 익혀 나갔다. 감정 일기를 통해 자기의 마음을 여러 단어로 표현하게 되자, 책을 읽으면서 등장인물의 감정도 함께 이야기하기 시작했다. 한 달이 지나자 작은 변화들이 보이기 시작했다. 책 속 인물의 감정을 이해하면서, 자연스럽게 이야기에 몰입하는 시간이 늘어났다. 마음의 문이 열리자 학습의 문도 함께 열렸다. 아이가 자신의 감정을 알아차리고 표현하면서 뇌에 새로운 연결이 만들어진 것이다. 그동안 수많은 독서를 통해 습득한 이론들은 실제 아이들의 변화와 성장을 통해서 생명을 얻었다. 책으로 배운 지식은 씨앗이었고, 아이들의 성장은 그 씨앗이 꽃피는 순간이었다.

이런 경험들이 쌓이면서 시작한 것이 '감정과 함께하는 브레인 독서코칭' 프로그램이다. 단순히 책을 읽는 것을 넘어, 감사일기와 감정일기를 통해 아이들의 정서적 성장을 돕고, 이를 통해 자연스럽게 독서로 이어지는 방법을 구상했다. 프로그램을 준비하는 과정이 즐겁다. 아이들의 마음이 열리고 변화하는 모습을 상상하는 것만으로도 가슴이 설렌다. 요즘 감사일기와 감정일기의 효과에 더욱 확신이 생긴다. 아이들이 자신의 솔직한 감정과 고마운 마음을 글로 표현하는 과정은 언어 영역과 감성 영역을 동시에 발달시키기 때문이다. 이는 마법처럼 아이들의 집중력과 학습 능력을 깨워준다. 뇌 과학책을 읽으며 발견하는 놀라운 사실들은 이런 변화의 과학적 근거가 되어준다. 이런 작은 기적들이 아이들에게 펼쳐질 것을 생각하면 저절로 입가에 미소가 번진다. 아이들도 이 놀라운 변화를 스스로 느낄 수 있을까? 그들의 작은 일기장 속에서 매일매일 성장하는 뇌의 모습이 피어나기를 소망한다. 얼마 전 블로그에 아이들의 뇌 발달과정에서 감정의 역할이 매우 중요하며, 특히 긍정적인 감정 경험은 학습 능력 향상에 큰 도움이 된다는 내용을 포스팅했다. 이론과 실제 경험이 만나면서 점차 자신감이 쌓여간다. 관련 연구들을 찾아보고 그것을 현장에 적용하는 과정이 자연스러워졌다. 예전에는 전문 용어를 쓰지 않으면 내용이 가벼워지는 것 같아 걱정했다. 그러나 진정한 전문성은 어려운 내용을 쉽게 전달하는 데 있다는 것을 알았다. 이렇게 독서는 나에게 새로운 세상을 자꾸만 열어준다.

날마다 책상에 앉아 책을 펼칠 때면 마음이 두근거린다. 독서는 누군가의 인생을 바꿀 수 있는 열쇠이자 희망의 씨앗이다. 어느 페이지에서 신선한 통찰을 만날까, 아이들에게 도움이 되는 부분은 어디일까, 기대하며 책장을 넘긴다. 때로는 한 문장을 읽고 생각에 잠기기도 한다. 매일 이렇게 만난 지식을 블로그에 정리한다. 물론 여전히 부담은 된다. 특히 감사일기와 감정일기를 통한 뇌 발달 촉진이라는 새로운 접근은 나에게도 큰 숙제다. 그러나 감정이 열리면 뇌가 깨어나고, 깨어난 뇌는 더 큰 배움을 향해 날개를 펼친다는 것. 이 통찰을 바탕으로 감정일기와 감사일기를 통해 아이들의 독서를 도울 수 있을 것이다. '감정과 함께하는 브레인 독서코칭' 프로그램이 조금씩 구체화되어가고 있다. 아이들이 책과 친해질 수 있는 구체적 방법이다. 또 학부모들을 대상으로 하는 '감정과 함께하는 브레인 독서코칭' 프로그램도 구상 중이다. 부모는 아이들에게 절대적 영향을 미친다. 부모와 아이가 함께 고민하고 더불어 성장할 수 있는 시간으로 만들고 싶다.

아이들의 뇌와 마음을 깨우는 일은 일상이 되었다. 독서의 순간 순간 속에서 얻어지는 깨달음을 블로그에 기록한다. 때로는 피곤함에 지쳐 흔들릴 때도 있다. 하지만 그럴 때면 변화될 아이들의 모습을 상상한다. 책을 펼 때마다 한숨 쉬던 아이들이 이제는 책을 읽게 된다. 자신의 감정을 글로 표현하고, 타인의 마음을 이해하게 될 것이다. 나아가 자신도 책 속의 주인공처럼 꿈을 키워가는 모습을 그려본다. 그들의 맑아진 눈빛과 함께 성장을 지켜보는 부모들의 미소가 눈에 보인다. 뇌 과학이라는 비옥한 토양 위에 독서라는 씨앗을 심어, 아이들의 가능성이 활짝 피는 순간을 함께 할 것이다. 아이들의 삶에 작은 빛이 되어, 한 권의 책이 한 아이의 인생을 바꾸는 기적을 만들어 가길 바란다. 내 꿈이 아이들에게 독서만으로 끝나지 않고 감정 발달과 뇌 성장을 동시에 이끌게 될 것이다. 혼자가 아닌, 아이들, 학부모와 함께 한 걸음 한 걸음 빛나는 내일을 만들어 가고 싶다.

황금기 60대는 들꽃처럼

(윤성숙)

23년도에 <인생 수업>이라는 책을 읽게 되었다. 이 책을 읽으며 내가 스스로 어떻게 생각하고 있는지 알게 되었다. 그야말로 자기성찰의 기회였던 것 같다. 그동안 어떻게 하면 더 성장할 수 있을까? 하고 자기 계발에 관한 책을 읽으며 한참 유행했던 미라클 모닝(Miracle Morning)을 시작했었다. 미라클 모닝은 아침에 일찍 일어나 감사 일기, 독서, 글쓰기, 명상, 기도 등 자기 계발을 위해 하루를 시작하기 전에 실천하는 습관을 만드는 과정이다. 나는 이 습관을 실행하면서 계획대로 하지 못했을 때 자신을 탓하고 비난하는 하루로 시작했던 모습을 보게 되었다. 그동안 학생들을 가르치며, 다른 사람들의 어려움의 이야기를 들을 때 그들의 장점을 발견해 인정과 칭찬을 해주며 동기부여를 잘해 주었다고 생각한다. 하지만 정작 나는 자신을 인정해 주는 데 인색했고, 장점보다는 단점에 집중하며 늘 결핍함에 물들어 있었던 모습을 보게 되었다. 왜 그동안 나의 좋은 점을 보지 못하고 존중해주지 못했을까 하는 깨달음이 이 책을 통해 알게 되었다. 내가 정해놓은 기준에 부합해야 자신의 가치를 인정해 주려고 했었다. 하지만 이제는 내 모습 그대로 존중해주고 인정해 줄 때 나답게 살아갈 수 있음을 알게 되었다. 나는 있는 자체로 사랑받을 만한 존재, 가치 있는 존재, 소중한 존재임을 깨닫게 된 것이다. 진즉 알았더라면 꿈을 키워가며 성장하는 시기에 나에게 더 큰 힘이 되었을 텐데 하는 아쉬움도 생겼다.

자신을 사랑하는 법을 하나씩 더 찾아 나갔다. <일단 나부터 칭찬합시다>라는 책을 읽으며 나는 나를 칭찬하는 데 인색하다는 것을 깨닫게 되었다. 예전에는 잘한 일은 당연한 일처럼 여기고, 오늘 다하지 못한 일에 대해 속상해하며 자신을 탓하고 아쉬운 마음으로 잠자리에 들곤 했었다. 하지만 이제는 하루를 잘 살아온 나를 진심으로 칭찬하며 하루를 마무리한다. 그 덕분에 자존감이 조금씩 높아지고, 행복 지수가 자연스럽게 올라가게 되었다. 가끔 실수도 하고, 나이가 들다 보니 말이 꼬이기도 하고 자주 잊어버리기도 한다. 예전에는 '왜 이렇게 바보같이 행동하지?'라고 자책했지만, 이제는 '괜찮아', '그럴 수도 있지' 하며 자신에게 다정하게 말을 건넨다. 이렇게 나의 시각을 조금씩 바꾸면서, 나의 삶이 하루하루 더 행복으로 가득 채워지기 시작했다.

30대에서 40대를 맞이할 때도, 40대에서 50대로 넘어갈 때도 나이 한 살 더해가는 것이 그저 당연한 과정은 아니었다. 시간이 흐르며 자연스레 어른이라는 단어에 대해 깊이 생각하게 되었다. 이제는 50대의 끝자락에서 다가오는 60대를 맞이하게 되었다. 이 다음 단계가 황금기라 불리는 시기라면 앞으로 다가올 10년을 어떻게 살아야 할지 생각이 깊어진다. 자카르타에서 신혼 시절을 보낼 때, 나보다 앞서 회갑을 맞이하는 분들을 보며 나와는 거리가 먼 이야기라고 느꼈는데, 이제는 어느새 그 나이에 가까워졌다. 나이가 들면 당연히 어른이 되는 줄 알았다. 자연스레 모든 것을 알고 지혜로워질 줄 알았다. 나이가 든다고 그냥 어른이 되는 것은 아닌 것 같다. 어른은 의미상 '다 자란 사람'이란 뜻인데 신체만 다 자란 어른이 아닌 내 마음도 다 자란 그런 어른이고 싶다. 청춘의 뜨거운 열정이 지나고, 중년의 길을 묵묵히 걸으며 얻은 지혜의 응축들과 함께 나를 다듬어가는 과정인 것 같다. 그동안 둥글게 다듬어진 마음으로 다른 이들의 슬픔 속에서도 타인의 아픔을 볼 수 있는 깊은 시선을 갖고 싶다. 기쁨을 함께 나누는 따뜻함으로 사람들과 소통하며 살고 싶다. 나보다 어린 이들에게서 새로운 것을 배우려는 마음도 마다하지 않겠다. 때로는 가벼운 유머로 일상을 유쾌하게 채우며 하루를 보내고 싶다.

예전에는 꽃집에서 아름답게 피어난 탐스러운 장미에 마음이 끌렸었다. 화려한 꽃은 눈길을 사로잡았고, 그곳에 담긴 정성과 아름다움이 그대로 느껴져 흐뭇해지곤 했다. 그러나 시간이 흐를수록 그런 화려한 꽃들보다는 들판에서 바람에 살랑이며 피어나는 소박한 들꽃이 더욱 내 마음에 잔잔하게 남는다. 다른 꽃들과 비교하지 않고, 바람에 흔들리면서도 그 자리에서 꿋꿋이 피어나는 들꽃을 볼 때면 왠지 모를 울림을 느낀다. 나 역시도 다른 꽃에 비교하지 않고 제 모습으로 서 있는 들꽃처럼 자신의 삶에 만족하며 살고 싶다. 내 삶의 색깔을 그대로 유지하며 담담하게 살아가고 싶다. 있는 그대로의 나를 인정하며 소소한 기쁨에 감사하는 시간이 하루하루 쌓여, 그저 일상 속에 녹아드는 사람이 되기를 바란다.

그동안의 시간은 부족함을 채우고 성장하려는 발버둥이었다면, 이제는 주변의 소소한 아름다움에 감사하며 여유를 즐기는 시간으로 보내고 싶다. 놓쳐왔던 취미나 꿈은 없었는지 생각해보며 새롭게 시작해보려 한다. 지난날에 실용서에 가까운 책들을 많이 읽었으니 이제는 인문학을 읽으며 나의 견해를 더 넓히고 싶다. 노벨문학상을 받은 한강 작가 소설도 한 권씩 읽어나가고 싶다. 새로운 것들을 시도하는 것을 두려워하지 않고 나만의 속도로 한 걸음 한 걸음 나아가고 싶다. 낯선 곳에서 새로운 길을 만나고 그곳에서 새롭게 느끼는 즐거움을 마다하지 않겠다. 남은 시간 속에서 매일 호기심과 기대감으로 가득 채우며, 아직 펼쳐지지 않은 나의 가능성을 마주하고 싶다. 미뤄왔던 블로그 글쓰기를 이어가고, 브런치 작가에도 도전하며 나의 자카르타 생활을 기록해보고 싶다. 책을 통해 넓은 견해를 쌓고자 독서모임도 주최하며 타국에서 새로운 꿈을 찾는 사람들과 함께하고 싶다. 무엇보다도, 외국인들에게 한국어와 한국문화를 전하는 역할을 하고자 온라인 한국어 강의를 다시 시작할 계획이다. 외국인과 다문화 가정의 아이들에게 한국어의 아름다움과 실용성을 알려주며 그들의 삶에 동기부여와 새로운 전환점이 되길 바라는 마음이다. 한 걸음 한 걸음, 나만의 속도로 나아가며 나의 황금기를 향해 다가가고 싶다.

지금까지 나의 인생은 남들이 볼 때 화려하거나 성공적이지 않았더라도, 매 순간 꿈을 향해 조금씩 다가가며 성장하는 나만의 시간을 가꾸어온 여정이었다. 그동안 다른 사람들을 축하해주고 격려하며 꽃다발을 전해주었다면, 이제는 내가 걸어온 인생에도 축하를 전하고 싶다.

앞으로 펼쳐질 60대의 나날들을 기대하며, 매일 아침 창문 너머로 스며드는 따스한 햇볕에 감사함을 느낀다. 삶의 계절이 깊어질수록, 그 안에서 내가 걸어온 이야기가 더욱 빛을 발하기를 바란다. 이제는 내 삶의 잔잔한 여정을 담담히 바라보며, 내 마음의 들꽃을 피워가는 시간으로 채워가고 싶다.

함께 은은하게 빛나는 삶을 꿈꾸다
(이은정)

매주 월요일 새벽 6시, 우리는 온라인 줌에서 만난다. 눈곱을 떼지도 못한 채 화면을 켠 용감한 멤버도, 아이를 무릎에 앉혀 참여하는 엄마도 모두가 사랑스럽다. 지난주를 돌아보고 앞으로의 계획을 나눈다. 한 달에 한 번은 함께 읽은 책으로 독서모임을 한다.

처음엔 단순한 독서모임이었다. 하지만 한 달에 한 번 모이다 보니 절반은 책을 읽지 않았고, 부끄러워 아예 오지 않는 이들도 있었다. 해결책으로 매일의 독서량을 정하고 한 문장이라도 기록하게 했다. 그러자 완독은 물론, 여러 권을 동시에 읽는 멤버도 생겼다.

얼마 전, 모임의 한 멤버가 들려준 이야기가 내 마음을 울렸다. 초등학생 아들을 둔 그녀는 아이와 함께 책을 읽기 시작했다고 했다. 늘 집중력이 부족해 걱정이던 아이였는데, 매일 퇴근 후 책 읽는 엄마의 모습을 보더니 어느 날부터인가 스스로 책을 집더란다. 그녀의 목소리에서 감격이 묻어났다.

또 다른 멤버는 자신이 사는 동네에서 감사 일기를 함께 쓰는 독서모임을 시작했다. 지속할 자신이 없어 시작을 망설였지만, 작게라도 자신만의 빛을 내보기로 결심했다고 한다. 내가 시작한 독서모임이라는 작은 불씨 하나가 또 다른 불씨를 지피고, 그 빛이 멀리까지 퍼져나가는 걸 보며 가슴이 뭉클했다. 며칠 전, 한 멤버가 자신만의 작고 조용한 변화를 나눴다. 그녀는 긴 직장 생활 속에 많이 지쳐 있었다고 했다. 지친 생활에 변화가 필요해 남아있던 육아휴직을 썼다. 새벽 독서모임을 하면서 '한 걸음씩 꾸준히'라는 삶의 리듬을 되찾았고, 이 작은 습관이 일상의 불안을 조금씩 사라지게 해주었다며 감사함을 전했다. 그러면서 "이제는 누군가에게 이 모임처럼 작은 위로가 되고 싶다"고 말하는 그녀의 눈빛이 깊이 와 닿았다.

20년도 더 전이었던 듯하다. '책책책 책을 읽읍시다!'라는 예능이 선풍적 인기를 끌었다. 그때 나는 비록 책과 거리가 멀었지만, 소개된 책 몇 권을 사면서 독서하고 싶은 작은 마음의 씨앗이 심어졌다. 장정일의 <독서의 즐거움>은 책 앞으로 한발 다가서게 했고, 오소희의 <바람이 우리를 데려다주겠지>는 아이와 함께 여행하며 글 쓰는 작가의 꿈을 품게 했다. 독서와 글쓰기의 세계로 등 떠밀어 준 앞서간 이들 덕에 그들을 따라가는 중이다. 내게 읽고 쓰도록 격려했던 누군가처럼 나도 성장에 목마른 이들에게 읽고 쓰는 삶을 살자고 외치기로 했다. 누군가의 길잡이가 되어준다면 그보다 더한 기쁨이 있을까.

독서로 성장하는 공동체 성장해빛에서 책을 함께 읽기만 했을 뿐인데, 각자의 빛을 펼치고 있다. 선명하고 찬란하게 멋진 무대 앞에서 보이는 눈 부신 빛을 비추기보단 어두운 밤길의 발밑을 은은히 비추는 불빛이 되고 싶다. 오늘도 어둠 속에서 어디로 가야 할지 몰라 헤매고 있는 이들에게 큰 불빛이 있는 곳까지만 데려다주는 작은 빛이 되고 싶다. 혼자가 아니란 걸 알게 해주는 정도의 따스한 빛이면 충분하다. 우리라는 은은한 빛이 펼쳐져 누군가에겐 나아갈 방향을 일러주는 존재가 된다면 더없이 흡족하리라. 읽기만 했을 뿐인데 빛이 나는 삶을 우린 함께 살아간다. 함께 책을 읽으며 저마다의 빛을 발하고 있다. 나 하나는 작지만 모이면 은하수처럼 넓고 환히 펼쳐질 우리다.

약 3년간 책을 옆에 끼고 살다 보니 꿈으로 반짝이는 눈동자를 가지게 되었다. 얼굴엔 미소도 가득하다. 3년 전 퀭하던 나와는 다른 사람처럼 살고 있다. 책이 준 변화가 이렇게 클 줄은 책을 제대로 읽기 전엔 알지 못했다. 책이 삶을 바꿀 수 있다는 이야기를 믿지 못했던 내가 이젠 감히 책이 삶을 바꿔준다고 말한다. 독서는 꼭 해야 하는 것이라 주장하는 사람이 되었다. 지난 3년의 변화는 컸다. 우울함에 빠져 있던 초보 엄마에서 독서모임을 운영하는 리더가 되었고, 책을 쓴 작가가 되었다. 독서 동기부여를 하는 강사가 되기도 했으며, 일하지 않아도 돈이 들어오는 소득도 적은 금액이나마 생겼다. 무엇보다 가장 좋은 변화는 얼굴에 미소가 끊이지 않게 되었다는 것. 게다가 꿈에 한계가 없어지니 매번 꿈꾸며 조금씩 이루어 가는 이 삶도 참 마음에 든다.

독서모임을 처음 시작할 무렵, <모든 것은 독서모임에서 시작되었다>라는 책을 읽었다. 여섯 명의 저자들이 독서모임에서 만난 책과 사람들, 그리고 그 안에서 성장을 소박하게 풀어낸 이 책은, 읽는 이에게 모임의 설렘을 함께 느끼게 했다. 그때부터 나도 언젠가 모임 멤버들과 함께 책을 쓰고 싶다는 꿈을 꾸었고, 이 책 <읽기만 해도 빛이 납니다>를 함께 쓰며 그 꿈을 이루게 되었다. 우리 멤버들 각자가 책과 함께 어떻게 변화하고 성장해 왔는지, 그 이야기를 한 권에 담았다. 작은 씨앗처럼, 이 책이 또 다른 이의 삶에 용기와 변화를 전하기를 바라는 마음을 꾹꾹 눌러썼다.

내 이름의 '은'은 금.은.동 할 때 은(銀)이다. '정'은 바를 정(正)이다. 이름을 한자 그대로 풀면 '바른 은'인 셈이다.

"제 이름은 별 뜻이 없어요. 바른 은이니깐 순은이란 뜻인가 봐요."

이름에 대한 한자 뜻을 이야기할 때면 농담 섞인 말을 하곤 했다. 책을 읽고 꿈을 이루며 살게 된 지금, 이제 나는 내 이름의 진짜 의미를 찾았다. 은정, 은은하고 따스한 빛을 발하며 꾸준히 바큰길을 걸어가는 사람. 홀로 화려하게 빛나는 금이 아니라 은은하고 따뜻한 빛을 비추는 은이어서 더 좋다. 이제는 나에게 오는 사람들과 함께 빛나려 한다. 내가 읽은 책들이 나를 은은하게 빛나는 삶으로 데려다준 것처럼.

삶을 꿈으로 가득 채우다

(장순미)

서점에 가면 나는 즐겁다. 새로운 책을 만나고, 다양한 책을 보는 것이 행복하다. 책 속에 어떤 이야기들이 있을지 기대하면서 읽는다. 나는 서점을 '나만의 놀이터'라고 말하고 싶다. 놀이터에는 여러 가지 놀이기구가 있듯이 서점에는 다양한 책들이 있다. 놀이터에 가면 아이들은 신이 난다. 나도 서점에 가는 것이 신이 난다. 놀이터에서 많은 사람들을 만나 재미있게 놀 듯이 서점에는 다양한 책의 작가들을 만날 수 있어서 좋다. 비록 글을 통해 만나지만 어느덧 작가의 팬이 되기도 한다.

예전에는 남은 인생을 어떻게 살지 고민하지도 않고 시간이 흘러가는 대로 내 인생을 맡겼다. 지금은 독서를 하면서 책 속의 사람들처럼 되고 싶은 꿈이 생겼다. 그들은 자신의 재능이나 장점들을 다른 사람들을 도와주는 것에 사용하였다. 또한 아낌없이 나눠주며 더 알려주기 위해 열심히 사는 사람들이었다. 나도 그들처럼 선한 영향력으로 다른 사람들을 도와주고 싶다는 생각이 들었다. 누구나 꿈이 있을 것이다. 그러나 구체적인 꿈을 이야기하는 사람은 드물다. 나도 그랬다. 작년 크리스마스에 후배랑 점심을 먹으면서 꿈에 관해 이야기를 나누었다. 평소에 나의 꿈은 우리 가족이 행복하게 사는 것이라며 이야기했다. 그러나 어떤 삶이 행복한 삶인지 구체적으로 생각하지 않았다. 독서를 하는 지금, 구체적인 꿈을 그리기 시작했다. 그리고 꿈을 위해 조금씩 걸어가고 있다. 꿈을 생각하면 언제나 나의 마음은 뜨겁기만 하다.

어릴 적, 집에 책이 없어서 친구 집의 책을 읽던 추억이 있다. 그 추억을 생각하면 가슴이 먹먹하다. 오늘 이 책을 다 읽지 않으면 친구 집에 언제 다시 올지 몰라 끝까지 읽었던 기억은 여전히 남아있다. 도서관도 없고, 책을 살 형편이 안 되었던 그때는 책을 통해 꿈을 꿨다. 책을 읽으면 언제나 행복했다. 아직도 시골에는 도서관이 없는 곳이 많다. 도서관을 가려면 버스를 타고 한참 가야 하는 곳이 많다. 시골의 아이들은 책을 읽기 위해서 학교 도서관을 이용하는 게 전부다. 나는 아이들이 수시로 다양한 책을 학교에서도 볼 수 있도록 시골 학교에 책을 보내는 일을 하고 싶다. 이것이 나의 첫 번째 꿈이다. 내가 책을 통해 상상하며, 행복했듯이 아이들도 다양한 상상을 하고, 지혜를 얻으며 자라나길 바라는 마음이다. 우선 책을 보내기 위해서는 책을 사야 할 자본이 필요하다. 내가 매번 책을 사는 건 어렵다. 어떻게 시골에 보낼 책의 금액을 마련할지 고민이 되기 시작했다. 우연히 한 수강생이 선생님의 캘리 체본책이 있냐는 질문을 했다. 선생님의 캘리그라피 서체가 예쁘다며 따라 쓰고 싶다고 했다. 나는 '이것이다!'라는 생각이 들었다. 캘리그라피 체본책을 만들어 판매수익 일부를 시골 학교에 책을 보내는 일에 기부하면 되겠다는 생각이 떠올랐다. 마침, 수강생이 디자인 전공자라서 캘리 체본책을 만드는 것을 도와달라고 했더니 흔쾌히 승낙을 했다. 이 책이 나올 때쯤에는 나는 체본책을 만들어 판매를 시작하고 있을 것이다. 내가 보낸 책으로 시골 아이들이 즐거운 상상을 하며 꿈을 꾸는 아이들로 커가는 그날을 소망해 본다.

두 번째 나의 꿈은 종이책을 쓰는 것이다. 학창 시절 국어 선생님은 나의 글쓰기의 재능을 알아보시고 작가가 되라고 이야기를 한 적이 있다. 글을 쓰는 게 재미있고, 상상을 더 해 글을 쓰면 친구들이 어느 책에서 필사한 거냐며 물어본 적도 있다. 짧은 글을 쓸 때면 막힘없이 써 내려가서 어려움을 느끼지 못했다. 그러나 많은 페이지의 종이책을 쓴다는 것은 엄두가 나지 않아 전혀 생각하지 않고 살았다. 독서를 하면 할수록 나도 종이책을 쓰고 싶다는 생각이 들었다. 독서를 통해 많은 것을 알게 되고, 점점 성장한 나처럼 누군가에게 도움이 된다면 책을 쓰고 싶다는 생각이 불현듯 들었다. 그들에게 위로와 희망이 되는 책을 쓰고 싶다. 힘들 때마다 언제나 꺼내 볼 수 있는 책을 쓰고 싶다. 지금 글을 쓰고 있는 이 순간 절반은 성공이 아닐까 생각한다. 비록 다른 사람들과 함께 공저 책을 쓰고 있지만, 글을 쓰면서 나의 삶을 돌아보기도 하고, 나의 다짐도 적으며, 꿈에 한 걸음 다가가는 느낌이 들어 행복하다. 언젠가는 나만의 종이책을 쓰는 그날을 기대하며 오늘도 종이에 나의 이야기를 써본다.

세 번째 나의 꿈은 수건에 캘리그라피를 써서 판매하는 것이다. 3년 전 엄마의 팔순을 기념하기 위해 수건에 캘리그라피를 써서 만든 적이 있다. 엄마에게 특별한 것을 선물하고 싶었다. 수건을 보고 엄마의 입가에 미소가 그려진 순간은 잊을 수가 없다. 아직도 그때의 수건이 우리 집에 걸려 있다. 그 수건을 볼 때면 가족이 함께 모여 엄마의 팔순 생일을 한 기억이 생각난다. 캘리그라피 수건을 블로그에 포스팅했더니 주문이 들어왔다. 그동안 캘리그라피를 종이에만 썼는데 수건에 작업하기 위해서는 일러스트 작업이 필요했다. 일러스트 작업을 할 줄 몰라서 후배의 도움으로 영상을 찾아가며 만들었다. 컴퓨터를 잘하지 못해 너무 어려웠다. 몇 번의 주문을 가까스로 마치고, 가르치는 것에 전념하기 위해 수건 판매는 접었다. 시간이 흘러 수건을 볼 때마다 다시 작업하고 싶은 생각이 들었다. 첫 수건을 만들기 위해 공부했던 시간들은 어느새 나의 자양분이 되어 도전할 용기가 되었다. 얼마 전, 교회 개척하신 목사님께 선물로 교회 이름이 담긴 캘리 수건을 만들어 드렸다. 교회 이름을 캘리그라피로 쓴 것을 보더니 너무 예쁘다며 좋아하셨다. 기뻐하는 모습을 보니 나도 기분이 좋았다. 컴퓨터 글씨가 아닌 나만의 특색있는 캘리그라피 서체이다 보니 관심이 있는 사람들이 조금씩 생기기 시작했다. 이제 나는 마케팅과 브랜딩을 어떻게 할지 고민하면서 책을 보며 공부를 하고 있다.

세 가지 꿈은 모두 독서를 통해 생겼다. 독서를 하면서 나도 책의 작가처럼 살고 싶어졌다. 선한 영향으로 사람들에게 위로가 되길 바라는 꿈이 생겼다. 꿈을 이루기 위해 부지런한 삶을 살아가는 나 자신을 본다. 그 어떤 때보다 열심히 사는 나 자신이 대견하기도 하다. 지금은 꿈을 위해 조금씩 준비하는 과정에 있지만 나는 안다. 내가 꿈꾸던 날이 올 거라는 것을. 꿈이 이루어지는 날에는 나도 성장해 있을 것이다. 나는 내가 가진 세 가지 꿈에 대해 종종 말하곤 한다. 꿈이 있다고 자랑하는 것은 아니다. 꼭 이루겠다는 다짐이다. 혼자만 알고 있으면 조금만 힘들어도 포기할 것이 뻔하기 때문이다. 주변 사람들에게 자꾸 세 가지 꿈을 이야기하고 그 꿈을 이루겠노라 선언했다. 과연 이뤄질 수 있을지 의문보다 이뤄낼 것이라는 확신이 더 크다. 왜냐하면 자신의 꿈과 목표를 널리 알리고 이뤄낸 작가들의 책을 보면서 공표의 힘은 생각보다 크다는 것을 알았기 때문이다. 내 꿈에 대해 아는 사람이 많으면 많을수록 성공할 확률은 그만큼 높아진다. 지켜보는 이가 많아지면 내가 그만큼 노력을 하기 때문이다. 독서를 통해 생각의 방향이 달라졌다. 세상을 바라보는 시각도 바뀌었다. 새로운 시도를 할 때마다 힘은 들겠지만, 이제는 내 시선을 제한하지 않고 세상을 향해 크게 소리쳐보려 한다. 가보지 않은 길, 앞으로도 나는 매우 서툴고, 실수도 할 테지만 부딪치며 나아가려 한다. 예전의 내가 아닌, 인생의 하프타임을 제대로 살아갈 나일 테니까.

겸허한 삶 속에 빛나는 나

(최서윤)

나는 독서모임을 시작했다. 책의 인상 깊었던 부분을 이야기하고 다른 사람의 생각에도 귀를 기울인다. 모이면 두 시간 남짓의 시간이 쏜살처럼 지나갔고 우린 모두 엄마다. 육아라는 공통점이 있었기에 우리 모임은 더 지속력이 있었다. 아가였던 아기들은 어느새 유치원에 들어갈 나이가 되었고 아이들이 크면서 복직한 엄마들도 생겼다. 책을 함께 읽는 기쁨으로 꾸준히 모임을 이어 나간다.

내가 하고 있는 독서모임은 엄마들의 성장을 도모하면서 아이와 동반할 수 있는 독서모임이다. 아기들이 어릴 때는 유모차를 끌고 아기띠를 매고 분유와 이유식을 챙겨가며 모임을 이어 나갔다. 땡볕이 드는 여름이나 비가 오는 날에도 우리는 아랑곳하지 않고 모임을 지속했다. 모임 장소가 마땅치 않을 땐, 우리 집을 모임 장소로 내어주기도 했다. 독서모임 멤버들을 아끼는 내 마음의 표현이었다. 아이들은 아이끼리 우정은 나누고 엄마들은 티타임을 하며 독서토론을 하였다. 독서모임을 하면서 지역사회 연계 활동도 진행했다. 작년에는 독서모임 멤버들과 함께 북콘서트를 열어 육아에 지친 지역 사회의 엄마들에게 책과 음악을 선물하는 시간을 만들었다. 육아 선배이자 인지도 있는 작가를 초청하여 강연을 듣고 다과도 함께 나누었다. 독서모임 멤버들은 모두 합심하여 맡은바 자기영역에 충실했다. 나는 사회를 보았다. 손이 빠른 멤버는 손님 안내를 맡아주었다. 언제나 따뜻한 미소를 짓는 큰언니 같은 멤버는 다과를 준비했다. 타로 부스를 운영해 즐거움을 준 멤버도 있었다. 해금 연주자 멤버의 연주는 참여한 모든 이들에게 넘치는 감동을 주었다. 올해는 멤버들과 우리만의 연말파티를 했다. 파티에서 베이킹도 하고 다과도 함께 나누며 한해를 돌아보는 시간을 보냈다. 책을 꾸준히 볼 수 있었던 것은 꿈빛살롱 독서모임이 있었기 때문이다. 앞으로도 난 독서모임을 지속하며 책과 함께 성장하려 한다. 우리만의 소중한 독서의 공간을 더욱 아름답게 가꾸는 소망을 품는다.

무미건조했던 내 일상에서 독서모임을 시작으로 책은 나의 일상에 스며들었고 지금은 책과 함께하는 삶을 살아가고 있다. 책과 친숙한 삶을 살다 보니 여러 견문이 생기고 내 자신을 돌아보는 여유도 생기더라. 그러면서 지난 시간을 되돌아보았다. 지금의 불혹이 되어보니 지난 그 시간은 어쩔 수 없는 것이었다. 독서하고 나서 나에게 찾아온 변화이다. 지나간 것에 미련을 두지 말자. 바꿀 수 없는 것에 연연하지 말자. 과거를 살지 말고 미래를 살자. 다짐하게 되는 순간들이 왔고 내가 할 수 있는 것에 집중하고 최선을 다하자고 다짐하며 살아간다. 나는 가끔 평온의 기도를 드리고는 한다. 평온의 기도를 드리고 드렸지만 내 마음의 평정심은 쉽게 찾아오지 않았었다. 독서하기 전에는 말이다. 그러나 독서모임을 하면서 변화가 찾아왔고, 그렇게 시간이 흘러 차츰차츰 독서모임을 한 지 2년이 지나고 책은 어느새 내 삶의 일부가 되어 있다. 앞으로 가는 나의 40대는 미련과 아쉬움을 남기지 않기 위해서 살아갈 것이며 매 순간 후회가 없는 선택을 하고 살 수는 없겠지만 그래도 후회가 덜 남는 삶을 살 것이다. 책을 통해서 나는 이렇게 나 자신에게 더욱더 집중할 수 있는 삶을 살고 있고 내 삶을 돌아보는 여유를 가지고 살아가고 있다.

책 속에는 즐거움이 있었고 우리의 희로애락도 담겨 있다. 책은 우리의 인생과 참 많이 닮은 부분이 많다. 진정한 묘미를 알게 되고 알면 알수록 더욱더 집중하게 된다. 인생도 마찬가지다. 삶의 진정한 의미를 알게 되는 순간, 내 삶의 주인이 되어서 내 삶에 더욱더 집중할 힘이 생긴다. 많은 이들이 책을 읽고 독서모임을 하는 이유는 각자마다 다르겠지만 나에게 독서는 나의 삶을 더욱 유익하게 만들고 나를 변화하게 했다. 내 삶을 빛나고 반짝이는 나로 살게 해주고 나에게 다시 무언가 되고 싶은 꿈을 꾸게 만든다. 누군가의 아내 누군가의 엄마로만 머물러 살고 있던 나는, 나 자신에게 집중할 힘이 생겼고 현명한 나로서 부끄럽지 않을 엄마로서 우리 아이가 크는 것과 같이 나도 함께 성장할 것이며 더 이상의 지난날을 돌아보며 과거에 살지 않고 미래를 바라볼 것이다. 앞으로의 나의 미래는 지금보다 더 행복한 삶을 살아가리라 다짐한다. 그 길에는 언제나 책이 있고 책과 함께하는 내 삶은 유익하다. 책은 그렇게 내 인생의 동반자로서 없어서는 안 되는 것이 되었다. 여느 날 나와 같이 삶의 돌파구가 필요한 순간이 오게 되는 날, 삶을 유익하게 살아가는 인생의 즐거움을 다시 찾고 싶다면 독서를 해보자.

앞으로의 구체적인 삶의 방향과 목표는 적지 않겠다. 나만의 자기 확언과 버킷리스트를 만들고 그것을 실행하기 위해 앞으로 나는 정진하는 삶을 살고 있을 뿐이다. 비록 시간이 오래 걸리더라도 그것을 하나씩 지금 실행해 나가는 과정이다. 과정에 있어서 실수와 역경이 있어도 이제는 좌절하거나 더 이상 움츠러들지 않고 이제는 그것을 이겨내는 힘이 나에게 있다.

독서는 나에게 나의 내면을 제대로 들여다볼 수 있는 시간을 주었고 겸허한 삶의 자세도 알게 해주었다. 진정한 겸허함이란 자신을 낮추고 비우는 태도로 나보다 남을 더 존중하는 마음가짐에서 비롯된다고 생각한다. 앞으로의 미래는 겸허한 삶 속에서 성숙한 삶을 꿈꾸며 빛나는 나로서 더불어 살아가는 내가 될 것이다.

지난 일들에 아쉬움과 안타까움이 많았고 미련과 후회도 많았다. 다른 사람을 바라볼 여유도 없었고 나에게 닥친 내 문제를 바라보기에 바빴다. 마음은 불안하고 세상에서 나만 제일 힘든 삶을 사는 줄로만 알았다. 책을 읽기 전까지 그렇게 바닥을 치던 나였다. 이제는 내 인생의 방향성을 바로 잡고 스스로 삶의 통제선을 올곧게 세우며 내가 할 수 있는 것들에 집중하려 한다. 내가 정한 통제의 영역에서 벗어나는 일에는 애쓰려 하지 않는다. 조금씩 나 자신을 신뢰하는 힘이 쌓이면 쌓일수록 자존감은 탄탄하게 올라간다. 책을 통해 배운 겸허함은 타인으로부터 휘둘리지 않고 자신을 낮추되 자존감은 높은 삶이다. 독서가 알려준 작은 실마리는 내 삶을 버틸 수 있는 힘을 주었다. 그러므로 독서는 빛이었다. 만약 누군가의 삶도 예전의 나처럼 흔들거리게 되는 날, 내가 그러했듯이 독서가 찾아준 빛줄기 하나로 그들의 삶의 통제선도 올곧게 바로 세워질 수 있지 않을까.

황유진

이 글을 통해 아무런 특기도 재주도 없는 아줌마도 책을 읽고 성장할 수 있다는 걸 보여주고 싶었다. 대단히 유명한 책이 아니어도, 베스트셀러가 아니어도 상관없다. 그저 상황에 맞는 어떤 책 하나면 된다. 그 책이 주는 작은 변화의 씨앗이 싹트는 순간을 우리 모두 만날 수 있다. 읽어도 변화가 없다고 푸념하던 그때가 바로 변화의 문 앞에 선 순간이었다. 책을 읽어도 남은 게 없다는 생각에 고민이 되었다. 변화에 대한 간절함이 아웃풋에 대한 결심으로 이끌었다. 대단한 결심은 아니고 읽은 것을 기록해보는 것이었다. 책에서 말하는 모든 것을 다 실천할 수는 없어도 그 안에서 할 만한 한 가지는 추려낼 수 있었다. 해보고 아니구나 싶어서 중단한 것도 있고, 꾸준히 하는 것도 있다. 그 실행들이 쌓이며 과거와 다른 나를 만들어 냈다. 전자책을 한 권 썼고, 이번에 공저 책에도 참여했다. 조금 시들해지는 날을 만나도 멈추지 않았더니 이번에는 이전과 다르게 결과물을 낼 수 있었다. 우리는 누구라도 변화의 물꼬를 틀 수 있다. 또 다른 시작이 될 책을 만나는 날을 기대해본다.

서정아

책이 좋다. 지친 일상 속에서 책을 펼칠 때마다 위로를 받았고, 책 속 세상과 소통하며 내면의 깊이를 더해갔다. 육아로 지칠 때도, 직장에서 난관에 부딪힐 때도 책을 찾았다. 인생을 살다 보면 우울하고 지치는 순간들이 불쑥불쑥 찾아온다. 그럴 때일수록 자신을 몰아세우기보다는, 잠시 발걸음을 멈추고 나를 돌보는 시간이 필요하다. 나는 그 처방전으로 독서와 기록을 선택했다. 놀랍게도 이 조용한 시간이 쓰러진 나를 다시 일으켜 세우는 힘이 되어 주었다. 책과 함께하는 고요한 순간들은 일상의 소소한 기쁨을 발견하게 하고, 존재의 의미를 다시금 확인하게 해주었다. 자신에게 조금 더 친절해지고, 좋아하는 것을 찾아 조금씩 채워가자. 그렇게 하루하루 쌓아가다 보면, 어느새 더 단단해지고 빛나는 자신을 마주하게 되리라. 책에서 만난 수많은 지혜와 통찰이 내 삶을 더욱 풍요롭게 물들였듯, 그 빛나는 순간들을 다른 이들과 나누고 싶다. 우리 모두의 삶이 조금 더 밝아지기를, 그리고 그 빛 속에서 각자의 길을 찾아갈 수 있기를 진심으로 소망한다.

강소이

'생각한다-망설인다-포기한다' 세 스텝의 반복으로 시들어가던 자존감을 꾸준한 독서를 통해 재생시키는 중이다. 이룰 수 있는 목표를 세우고 잘게 쪼개서 계획한 후 작은 성공의 결과물을 만들어간다. 이제 나의 스텝은 이렇다 '계획한다-실행한다-끝을 본다'

공저 제안으로 인해 내가 하고 싶었던 것이 무엇인지 확인하게 되었다. 기회를 놓치고 싶지 않았다. 지금 같이 이름을 올린 여러 분의 작가들과 함께하고 싶다는 생각이 컸다. 독서를 매개로 좋은 사람들을 알게 된 덕분이다. 언제 다시 올지 모르는 기회를 잡을 수 있게 된 것도 독서의 힘이다. 부족하면 다시 읽으면서 채우면 되겠지 믿어버렸다. 끝이 있고 그 끝에서 성장하게 될 것을 확신했고 도전하고 싶었다. 큰 성공이든 작은 성공이든 나에게는 성장이기에 뿌듯하게 어깨를 두드려본다. 공저 쓰기를 통해 책으로 사람을 도울 수 있는 방법을 생각해보는 계기가 되었다. 이 시간을 만들어준 소소작가와 원효정 작가에게 감사를 전한다. 어떤 도전이든 마음 다해 응원해주는 가족과 신랑이 있어서 든든하다. 땡큐!

고은진

살면서 많은 책을 읽었지만, 직접 써 볼 생각은 하지 못했다. 그저 책은 위대한 사람이나, 역경을 딛고 일어난 사람들이 쓰는 것으로만 생각했다. 그렇게 읽기만 하던 중 몇 년 전부터인가 슬슬 내 안에 갈증이 생겼다. '이 사람들은 나도 할 수 있다고 말하는데 난 왜 달라지는 게 없을까?' 하며 말이다. 그러다 알게 된 소소작가는 내가 읽고 생각한 것들을 계속 적어보자고 손 내밀어 주었다. 편안하고 안전한 느낌을 주는 안전지대를 벗어나 보자고. 진짜 살고 싶은 삶을 찾아보자 제안해 준 덕분에 공저작업이라는 신세계에 첫발을 내디딜 수 있었다. 이제 첫발을 내딛는 걸음마 수준이지만 꾸준히 이어가려 한다. 걷다 넘어져 상처가 날 수도 있겠지만, 훌훌 털고 다시 일어나 걷다 보면 지금과 다른 내가 꿈꾸는 삶을 살아가는 데 밑거름이 되리라 확신한다. 마흔을 준비하는데 글쓰기는 인생의 전환점이 됐다. 새로운 땅을 갈고 씨앗을 뿌리고 물을 주며 나무가 되는 것처럼 독서와 글쓰기도 꾸준히 해나갈 것이다. 새로워질 나 자신을 믿으며, 하고 싶은 것을 하게끔 적극 지원해주는 신랑과 아이들 부모님께 감사하다.

김민정

우는 아기, 잔뜩 쌓인 설거지와 빨래. 너저분해진 거실. 따라 주지 않는 몸. 하루에도 몇 번씩 현타가 오는 일, 살림과 육아다.

그런데 의미 치료의 대가 빅터 프랭클 박사가 '육아'란 인생의 창조 가치를 실현하는 것 중 하나라고 말한다. 지금 내가 하루 온종일 밥 먹듯, 숨 쉬듯 하고 있는 육아가 창조 가치의 실현에 해당하는 어마어마한 일이라니. 또 아기의 엄마인 오직 나만이 할 수 있는 일이며, 내가 하기만을 기다리고 있는 일이라니. 그 누구의 인정보다 감동이 되고 위안이 됐다. 얼마 전까지 뒤집기를 하다가 신나게 배밀이로 종횡무진하더니 이제는 나를 딛고 앉아 보기도 하고 흔들흔들 엉덩이를 들썩거리며 까치발로 서보는 우리 아기. 빛의 속도로 쑥쑥 커가고 있는 아기를 보면 위대한 창조의 신비에 내가 크게 한 몫하며 동참하고 있다는 생각에 벅찬 감동을 느낀다. 그렇게 나는 지금 내가 서 있는 삶의 좌표를 찾아가고 있고, 가야 할 길을 찾아 나가고 있다.

이 모든 것은 책을 읽지 않았더라면 도무지 모를 일들이다.

박은경

책은 인생을 살아가는 동안 찾아오는 작은 기적입니다. 20여 년간 쌓아온 교육 코치로서의 신념이 흔들렸을 때, 한 권의 책이 새로운 희망의 빛이 되었습니다. <초등 6년 공부머리 만들기>라는 책을 통해 뇌 과학이라는 새로운 세계를 만났고, 이는 단순한 지식 습득을 넘어 나의 존재 이유를 찾아주는 나침반이 되었습니다. 저에게 독서는 내 안에 잠든 거인을 깨우는 마법의 열쇠였습니다. 그렇게 미처 발견하지 못한 가능성을 일깨워주었고 새로운 길을 열어주는 등대가 되었습니다.

저에게 그랬듯 어쩌면 지금도 여러분의 인생을 바꿀 특별한 책이 서점 한편에서 기다리고 있을지 모릅니다. 마치 한 줄기 빛처럼 우리의 방향을 비추고, 잠든 꿈을 깨우며, 새로운 시작을 선물할 그런 책 말입니다. 부디 이 책을 읽는 모든 분이 자신만의 특별한 책을 만나, 내면의 빛나는 보석을 발견하시길 바랍니다. 그리고 그 빛으로 세상을 더욱 밝게 비추는 아름다운 여정을 시작하시길 진심으로 바랍니다.

윤성숙

삶을 돌아보면 제가 걸어온 길은 세상에서 크게 주목받거나 화려하지는 않았습니다. 하지만 20대보다 더 단단해진 30대, 그리고 30대보다도 성장한 40대, 그렇게 한 걸음씩 다가오며 50대를 채워왔습니다. 이제 50대의 마지막에 서 있는 지금, 여기까지 올 수 있었던 건 저 혼자만의 힘은 아니었습니다. 무엇보다도, 항상 곁에서 묵묵히 응원해주고, 힘든 순간마다 다시 일어설 수 있도록 든든하게 지켜준 남편의 존재가 컸습니다. 새로운 도전을 앞두고 마음이 떨리고 주저할 때마다, 한결같은 믿음과 격려로 응원해 주었고, 그 덕분에 꿈을 향해 나아갈 수 있었습니다.

때로는 삶 속에서 좋은 멘토가 곁에 있었으면 좋겠다는 생각을 종종 했습니다. 그때마다 멘토가 되어 준 것은 다름 아닌 책이었습니다. 해외에 머물며 서점을 찾을 수 없을 때는, 온라인으로 책을 주문해 읽으며 필요한 길을 찾아갔습니다. 주저앉고 싶을 때 책 속에서 힘을 다시 얻고 계속할 수 있었습니다. 가끔은 '내 인생에 책들과의 만남이 없었다면 지금 내가 있었을까?'라는 생각이 들기도 합니다.

그리고 이 나이에 처음으로 공저라는 형태로 책을 출간하게 되었습니다. 제가 써 내려간 글이 누군가에게는 책과 만나는 계기가 되어, 그분의 인생에서 꿈으로 향하는 첫 디딤돌이 되기를 기대하며 이 글을 씁니다. 함께 공저의 길을 걸어준 성장해빛 공저 작가님들께도 깊은 감사를 전합니다. 망설임으로 뒤로 물러나 있는 나에게 손을 내밀어 준 이은정 작가, 그리고 해낼 수밖에 없는 리더십으로 끝까지 이끌어 준 원효정 작가에게 진심으로 감사의 마음을 전합니다.

마지막으로, 언제나 삶의 여정에 든든한 힘이 되어 준 사랑하는 남편과 두 자녀에게 고맙고 사랑한다는 말을 전하고 싶습니다. 이 여정 속에 함께할 수 있어 행복합니다.

이은정

책은 읽기만 해도 빛이 난다. 하지만 그 빛을 혼자만의 것으로 담아두고 가리기만 한다면, 어느 순간 성장은 정체되고 만다. 마치 제자리걸음을 하는 것처럼, 같은 자리에서 맴도는 답답함이 찾아오기도 한다. 이런 한계를 극복하고자 우리는 함께 읽는 삶을 택했다.

서로의 생각을 나누고, 성장을 돕고 격려하며, 느리지만 오래 함께 가기로 했다. 각자 속도는 다르지만, 같은 방향을 바라보며 걸어가는 이 여정이 우리를 더욱 단단하게 만들어준다. 앞으로도 우리는 계속해서 읽고, 쓰고, 성장하고자 한다.

마지막으로, 이 책이 만들어지기까지 함께해 준 모든 분께 깊은 감사를 전한다. 함께 글을 쓰자는 제안에 선뜻 동참해 준 아홉 명의 작가가 있었기에 가능했다. 각자의 바쁜 일상 속에서도 소중한 시간을 내어 이 의미 있는 기록을 남길 수 있었음에 진심 어린 감사의 마음을 전한다. 이 책은 우리 모두의 성장을 증명하는 소중한 발자취이며, 함께 읽고 쓰며 성장하는 기쁨의 기록이다. 이 책을 통해 우리가 나눈 빛이 독자들의 마음에도 작은 울림이 되기를 소망한다.

장순미

오늘도 책의 글자를 따라가며 살며시 책장을 넘깁니다. 책장을 넘길 때 나는 소리는 나를 성장시키는 소리입니다. 독서하고 나서 꿈이 생겼습니다. 꿈이 생긴 후부터는 이전보다 더 열심히 생활하려고 노력하고 있습니다. 독서는 나의 생활뿐만 아니라 내 생각을 풍요롭게 만들었습니다. 꿈이 없는 삶에서 꿈을 꾸는 삶으로 살아가는 지금이 행복합니다. 종이책을 쓰는 이 시간도 참 행복합니다. 나이가 많다고 스스로 포기하려고 할 때도 있었습니다. 그러나 주위에 늦은 나이에도 성공하는 이들을 보면 나이는 숫자에 불과하다는 말에 공감하게 되었습니다. 새벽 기상을 하고, 졸린 눈으로 틈틈이 독서를 하면 때론 피곤하기도 하지만, 마음은 행복합니다. 독서를 통해 이루어진 새로운 삶 그리고 꿈을 꾸는 새로운 삶 모두를 이룰 것 같은 벅찬 마음이 듭니다. 나는 꿈이 이루어지는 날을 상상하고, 실행하면서 다른 사람들과 독서로 만나는 날을 소망해 봅니다. 그리고 아이들이 맘껏 책을 보는 그날, 종이책의 저자가 되어 사람들에게 위로와 응원의 메시지를 주는 그날, 마음으로 품은 아이들이 행복한 가정을 꿈꾸는 그날을 기다리며 꿈꿔봅니다. 독서로 빛나는 내 인생을 기대해 봅니다. 그리고 이 책을 읽는 당신의 빛날 인생을 응원합니다.

최서윤

인생을 사는 동안 누구에게나 예상치 못한 힘든 일, 어려운 일이 찾아오기 마련입니다. 그 순간들이 찾아올 때, 누군가는 돌파구를 찾기도 하고 누군가는 좌절하거나 포기하기도 합니다.

이 책은 저에게 돌파구였습니다. 저 자신에게 주는 약속이자 앞으로 제가 독서가로서 살겠다는 다짐과도 같은 것이죠. 시끌벅적한 세상이 아무리 요동쳐도 묵묵히 나의 길을 가는 사람, 자신의 중심을 바로 잡고 살아가는 법을 배우며 겸허하게 삶을 살아가는 길. 이것이 가장 현명하게 인생을 사는 지혜라는 걸 알았습니다. 이 책에 자기 삶에 주인이 되어 살아가는 삶을 변화시킨 제 이야기를 담았습니다. 앞으로도 저는 저의 삶을 살아갈 것이며 저만의 멋진 인생의 지도를 그릴 것입니다. 저의 경험이 여러분께 조금이나마 위로가 되기를 바라며 멋진 인생이라는 지도 설계에 도움이 되셨으면 합니다.